*Gott weiß, wie ich das Leben liebe*
*Wenn sich der Wind dreht*
*Über einem Strand liegt ein neuer Tag*
*Mehr kann ich mir nicht wünschen.*

BETH GIBBONS

# I

Auf der Insel Sulawesi leben die Toraja. Das Leben dieses Volkes wird auf eine Weise vom Tod beherrscht, die uns besessen erscheinen mag. Liegt einer der Toraja im Sterben, wird seine Beisetzung über Wochen, Monate, ja sogar Jahre geplant. Alle Familienmitglieder müssen zur Feier eingeladen werden. Manchmal gehören Tausende dazu, die zerstreut auf den Inseln Indonesiens oder noch weiter entfernt wohnen. Die nächsten Verwandten des Toten müssen für Reise, Unterbringung und Verpflegung aufkommen. Um der Tradition Genüge zu tun, verschulden sich manche Menschen für immer.

Für die Gäste baut man zierliche, bootsähnliche Hütten aus Holz. Man kauft Vieh für die Festessen, opfert Schweine und Büffel als Begleiter des Verstorbenen. Während dieser Zeit wird der Leib des dahingeschiedenen Menschen konserviert, der noch nicht als tot gilt, sondern als krank – *to maraki* heißt dies in der Sprache der Toraja. Sein Grabmahl wird in die heiligen Klippen gehauen. In den nischenförmigen

Gräbern ruhen, von Holzidolen bewacht, die sterblichen Überreste der Familien. Manchmal verwittern die Särge und öffnen sich. Dann fallen Knochen heraus, die man am Boden zwischen Blättern und Erde liegen lässt.

Im Frühjahr 2012 reiste ich durch das Gebiet der Toraja und entdeckte auf ihrer mir noch unbekannten Insel, was mir auch anderswo in Indonesien so sehr gefallen hatte. Die friedlichen Menschen und ihr Lächeln; die hügelige Landschaft, manchmal steil abfallend in einer endlosen Palette von Grün, von den zartesten bis zu den dunkelsten Nuancen; der Himmel, der mal horizontal und blau ist und am nächsten Tag vertikal sein kann, eine Collage aus hoch aufgetürmten Bleiwolken, die plötzlich bersten und Wälder, Wege und Reisfelder mit warmem Regen begießen; die früh und plötzlich einsetzende Nacht, mit der ein Fest für Insekten und Geckos beginnt; die Freude über ein eiskaltes Bier mit Nasi Goreng oder Ziegensaté an der Straße auf einem Plastikstuhl, der für Zwerge gemacht scheint, oder der Genuss einer *kretek*, einer nach Muskatnuss und Zimt schmeckenden Nelkenzigarette.

Dort, im Land der Toraja, in der Nähe eines Dorfes zeigte man mir an einer Lichtung einen allein stehenden Baum. Eindrucksvoll und majestätisch steht er im Wald, mehrere hundert Meter unterhalb der

Häuser. Er dient als Grabmahl für Kinder, die in den ersten Lebensmonaten gestorben sind. In den Baumstamm hat man Hohlräume geschnitzt. Man wickelt die toten Kinder in ein Leichentuch und legt sie dort hinein. Dann wird das hölzerne Grab mit einem Geflecht aus Zweigen verschlossen. Im Lauf der Jahre wächst die Rinde wieder zusammen, und so nimmt der Baum den Körper des Kindes unter der wieder geschlossenen Rinde in sich auf. Dann beginnt die Reise, auf der das Kind in den Himmel aufsteigt, im geduldigen Rhythmus des wachsenden Baumes.

Wir beerdigen unsere Toten oder verbrennen sie. Nie würden wir auf die Idee kommen, sie Bäumen anzuvertrauen. Dabei fehlt es uns weder an Wäldern noch an Phantasie. Unsere Überzeugungen sind hohl geworden und haben ihren Klang verloren. Wir setzen Rituale fort, die die meisten von uns kaum noch erklären können. Wir haben die Gegenwart des Todes aus unserer Welt verbannt. In der Welt der Toraja aber ist alles auf ihn ausgerichtet. Was von beidem ist das Richtige?

Am selben Abend trank ich auf dem kleinen Balkon meines Hotelzimmers Bier, rauchte eine *kretek* und dachte wieder an den Baum und sein Holz, das sich von fragilen Knochen und dem Fleisch toter Kinder ernährt. Unten auf der Terrasse saßen ein paar alte Amerikanerinnen, die unter lautem Lachen ihr

Abendessen beendeten. Bei meiner Rückkehr war ich ihnen schon begegnet. Sie trugen rosafarbene Turnschuhe, khakifarbene Trekkinghosen mit zahlreichen Taschen, Baumwollhemden und Westen und sahen aus wie Kriegsreporter. Nur um ihre Köpfe schwebte wie Zuckerwatte eine Wolke aus weißem, rosa oder violettem Haar. Sie hatten sich alle die gleiche Nase operieren lassen, die Augen waren bei allen in gleicher Weise gestrafft worden, die Lippen aufgespritzt. Sie näherten sich dem Ende ihres Lebens, doch ihre Gesichter sahen aus wie die junger Mädchen, auf erschreckende Weise artifiziell und alle der gleichen Schablone entsprechend. Sie wirkten wie Puppen, die aus einem Laden für Horrorartikel ausgerissen waren, und ich musste an all die sinnlosen Manöver denken, mit denen wir unsere Körper traktieren, um die Zeit und unsere Ängste zu täuschen.

In einiger Entfernung, in der Nacht Indonesiens, sah ich Büffel, die leicht an ihrer Form zu erkennen sind. Sie schliefen stehend in den Reisfeldern, den Kopf dicht über dem schlammigen Boden. Ein feiner Regen hüllte ihre reglosen Körper ein, die im aufsteigenden Nebel verschwammen. Sie kamen mir vor wie aus einer vergangenen Welt. Ich dachte an Untergang und Geburt. An unser Leben, diesen sprunghaften Tanz, manchmal schön, manchmal grotesk. Ich dachte auch an unser Ende. Frösche quakten. Große

Fledermäuse trugen über meinem Kopf ein stummes Duell aus. Vor drei Monaten war ich fünfzig geworden. Hatte das etwas zu bedeuten?

In meiner Nähe lag wie immer ein Buch. An diesem Abend war es *Doruntinas Heimkehr* von Ismail Kadaré, das ich mindestens alle zwei Jahre lese. Es ist eine schöne Geschichte und handelt von einem Versprechen, vom Tod, einem Geist, einem Ritt und auch vom Winter, der Jahreszeit, in der ich immer das Gefühl habe, wirklich ich selbst zu werden. Ich hatte ein Heft und einen Federhalter bei mir – er verdient seinen Namen, denn er ist wirklich federleicht. Vor zehn Jahren habe ich ihn auf einem Markt in Saigon gekauft. Ich erinnere nicht mehr, ob ich mir an diesem Abend wirklich Notizen machte, als ich wieder an den Baum und seine Rinde dachte, die sich über unsichtbaren Körpern schließt. Ich bin mir nicht sicher: Manchmal schreibt man in seinem Kopf besser als irgendwo sonst. Ich befand mich damals gerade zwischen zwei Filmen; es war die schwierige Zeit, in der man über seine Arbeit nachdenkt, sich fragt, ob sie sich lohnt, ob sie überhaupt Sinn hat, und nicht weiß, ob man sie fortsetzen soll.

Mein letzter Film war beim Publikum nicht besonders gut angekommen. Die Leute blieben den Kinos fern. Im Ausland, in den zehn Ländern, in denen er auch herauskam, wurde er besser aufgenommen. Ich reiste umher, antwortete auf die immer gleichen Fragen, lächelte den Fotografen auf die immer gleiche Weise zu. Abends fand ich mich in meinem Hotelzimmer wieder, und die Fläschchen in der Minibar leisteten mir Beistand. Nach dieser Tournee beschloss ich, den Film, mit dem ich zwei Jahre meines Lebens verbracht hatte, zu vergessen und eine neue Seite aufzuschlagen. Ich fuhr nach Sulawesi mit dem Wunsch nach neuen Bildern, der langsam zu reifen begann, noch sehr vage und undeutlich, aber ich wollte mich nicht unter Druck setzen und ließ mir Zeit. Ich habe seit langem begriffen, dass wir die Filme nicht *machen*, sondern dass sie in uns entstehen und sich erst dann zu erkennen geben, wenn sie es wollen.

Die alten Amerikanerinnen waren inzwischen still. Vermutlich waren sie auf ihre Zimmer gegangen. Ich stellte sie mir vor, wie sie vor dem Badezimmerspiegel stehend ihr falsches Gesicht betrachteten und tief in ihren alten Augen ihr wahres Alter entdeckten. Zu jeder Lüge gehört ihr bitterer tiefer Sturz.

Drei Tage später kehrte ich nach Frankreich zurück. Sobald ich in meiner Wohnung war, stellte ich mein Gepäck ab, trank ein Glas Wasser aus dem Hahn und sah mich um. Ich kam mir vor wie in einem fremden Land. Die Gerüche waren mir zwar vertraut, doch es waren die einer urbanen Jahreszeit, in der ich nicht hier gewesen war. Ich hatte meinen Platz noch nicht wiedergefunden. Das Parkett knarrte unter meinen Schritten. Auf den Fensterbänken lagen ein paar Fliegen, die mit nach oben gestreckten Beinen langsam vertrockneten. Ich fühlte mich exotisch und hatte noch den Geschmack der *kretek* im Mund.

Über meinem Kopf erklangen vertraute Geräusche, vor allem das verstimmte Klavier von Monsieur Bellagar, dem halbblinden alten Mann aus dem achten Stock, dessen Gesicht und Eleganz ein wenig an Jorge Luís Borges erinnern. Stundenlang spielt er melancholische Weisen aus Mitteleuropa.

Ich ging durch die Räume, was nicht lange dauert, da ich nur drei Zimmer habe, und hörte die Nachrichten auf meinem Anrufbeantworter ab, der auf einem niedrigen Tischchen im Wohnzimmer stand und blinkte. Gleich neben dem Foto von Florence, meiner Ex-Frau, die mir wie immer zulächelte. Unter all den Nachrichten fand ich die von Eugène:

»Du wirst lachen«, sagte er, »ich habe einen bösen Krebs.«

# II

Ich habe natürlich nicht gelacht, gebe aber zu, dass ich lächeln musste. Aus Kummer vermutlich. Oder aus Traurigkeit.

Vor Ärger. Das Lächeln eines Schachspielers, der von einem stärkeren Gegner geschlagen worden ist. Seit einigen Jahren umkreist mich der Tod. Er will mich einschließen. Mir so nah kommen, wie er nur kann. Um mich abzutasten, um mir deutlich zu machen, dass ich alt werde, dass ich mit ihm rechnen muss, dass das Spiel begonnen hat. Dabei glaube ich eigentlich nicht, dass sie mich schon aus der Kabine geholt haben. Doch wer weiß?

In eines der zahlreichen Hefte, in denen sich meine Notizen ansammeln, die ich nie wieder lesen werde, habe ich den Druck eines Dürer-Stichs eingeklebt. Darauf sieht man ein sich umarmendes, verliebtes junges Paar und ein paar Meter dahinter, halb von einem Baum verdeckt, den Tod, der sie betrachtet. Die Darstellung ist lehrreich, ihre Botschaft einfach: Alle Schönheit entfaltet sich im Schatten der letzten

Gefahr. Wir vergessen, dass unser Leben vorübergeht, es spielt sich unter dem Blick dessen ab, der uns nie vergisst. Muss man ihn deswegen ins Alltagsleben einbeziehen, wie es die Toraja machen? Leben sie besser als wir?

Montaignes Worte, »Philosophieren bedeutet, sterben zu lernen« und »Nicht der Tod ist schwer, sondern das Sterben«, haben mich immer beunruhigt. Ich bin kein Mensch aus dem sechzehnten Jahrhundert, an Seuchen und Kriege gewöhnt, an den plötzlichen Verlust von Freunden, Eltern, Kindern, für den ein vierzigjähriger Mann schon ein Greis war. Die Literatur aber, die wir lesen, beeindruckt uns wie ein tief in ein Organ gestochenes Messer, das die *voraussichtliche Lebenserwartung* nicht beeinträchtigt. Dieser Begriff hat mir immer gefallen, denn er verbindet die Vorhersagen eines Horoskops, die des Wettmachers bei Pferderennen und die eines Meteorologen mit einem Wort, das uns zittern lässt wie Espenlaub. Wann beginnt, wenn man noch bei guter Gesundheit ist, die voraussichtliche Lebenserwartung *eine Rolle zu spielen*, ohne dass man etwas davon ahnt? Wenn man so von ihr redet, könnte sie wie ein Matrose sein, der am Kai auf sein Schiff wartet.

Wenn es um mich geht, habe ich vor nichts Angst. Ich fürchte mich nicht vor dem Unbekannten, im Gegensatz zu den ersten Menschen der frühen Menschheit, denen gerade das Unbekannte Schrecken einjagte. Ich lebe im dritten Jahrtausend und weiß nur zu gut, wie viele tödliche Kräfte in meiner Umwelt verborgen sind. Wir haben aus unserer Erde eine toxische Wildnis gemacht, und unsere Gesellschaft mit den immer sauberen Fenstern ist eigentlich eine riesige verdeckte Müllhalde voll unzähliger Gifte und explosiver Ladungen. Meine Angst rührt also nicht vom Unbekannten her, sondern von zu viel Wissen, und ich fürchte mich vor dem Tod der Menschen meiner Umgebung mehr als vor dem eigenen, was nicht, wie man denken könnte, das Gegenteil von Egoismus ist, sondern Egoismus in seiner reinsten Form.

Ich rief Eugène an, und er nahm sofort ab. Seine Stimme klang fröhlich. Normal. Er wollte, dass ich von meiner Reise erzählte, ich wollte, dass er über seinen Krebs sprach. Es war wie ein Gespräch unter Schwerhörigen, das wir rasch beendeten. Wir verabredeten uns zum Abendessen.

Mein Koffer stand noch im Eingangsflur. Sein Anblick verblüffte mich plötzlich. Ein Zuschauer, der ihn so hätte stehen sehen, hätte nicht wissen können, ob der Koffer von einer Ankunft oder einer Abreise zeugte. Ich fragte mich daraufhin, wie wir, wenn wir nicht einmal in der Lage sind, die Wahrheit hinter so einfachen Szenen wie dieser zu entdecken, behaupten können, die der dunkleren Geheimnisse zu verstehen.

Ich ging unter die Dusche und dachte an Eugène. Wie ich ihn ansehen und umarmen würde. Sollte ich mich gleich besorgt oder lieber zuversichtlich zeigen? Heiter oder ernst wirken? Sollte ich gleich auf das Thema zu sprechen kommen oder ihn von sich aus reden lassen? Das heiße Wasser lief mir über die Schultern. Ich stand seit zehn Minuten da und wusste immer noch nicht, wie ich mich ihm gegenüber verhalten sollte. Plötzlich kam ich mir lächerlich vor. Warum sollte ich unser Treffen vorbereiten? Es war doch kein Einstellungsgespräch, keine mündliche Prüfung. Mir wurde klar, wie sehr sich die Dinge durch seine Nachricht zu verändern begannen. Wie sehr die Tatsache, dass er mir von seinem Krebs erzählt hatte, meine Gefühle für ihn zu ändern vermochte, als sei er mit dieser Krankheit nicht mehr der Mensch, den ich kannte, sondern ein teilweise fremdes Wesen. Wie sollte ich ihm begegnen?

In unserer Gesellschaft klingt das Wort *Krebs* wie das Vorzimmer des Todes. Von einem Krebs wird man nie geheilt. Im besten Fall gibt es *Remissionen* – liegt die *remissio peccatorum*, die Vergebung der Sünden, auf derselben Ebene? Es ist eine schlimme Krankheit mit einem schönen Namen, doch in vielen Nachrufen und Todesanzeigen verschwindet er hinter Umschreibungen, meistens hinter der Wendung *lange, schwere Krankheit*. Dabei entspricht das oft nicht einmal der Wahrheit, denn es gibt Krebsarten, die es eilig haben und einen Körper in wenigen Monaten oder Wochen zerstören, um sich dann über andere Körper herzumachen. Die Kundschaft ist groß, an ihr wird es nie mangeln.

Mir ist auch aufgefallen, dass man seit einigen Jahren die Fachärzte nicht mehr Krebsspezialisten, sondern nur noch *Onkologen* nennt. Dabei ist dieses Wort ungenau, es ist taub wie sein Klang, vielleicht sogar beruhigend. Ich weiß nicht, warum ich es mit Schalentieren in Verbindung bringe, die man im Juni sammelt, an einem Strand der Bretagne, an dem es etwas kühl ist und wo es nach Jod und Seetang riecht. Ein *Onkologe* ist für mich ein zurückgezogen lebender Rentner, vielleicht Witwer, der seine freie Zeit damit verbringt, in gelben Gummistiefeln bei Ebbe durch den Sand zu laufen und in Prielen und felsigen Vertiefungen zu graben, um dort eingeschlossene Fische zu finden, der an Felsen kratzt, auf denen sich Muscheln, Schnecken und Seeigel zusammenkauern wie Flüchtlingsfamilien. *Onkologe,* das ist ein Wort für Kreuzworträtsel und Spiel-Shows im Fernsehen.

Eugène und ich haben beim Essen viel gelacht. Ein bisschen zu viel. Auch zu viel getrunken. Vor allem ich. Natürlich Bordeaux. Eugène mag nämlich nur roten Bordeaux, aber als ich abends nach Hause kam, fiel mir auf, dass er sein Glas kaum angerührt hatte.

Wir hatten uns in unserer Brasserie im 9. Arrondissement verabredet, in die wir seit Jahren gehen. Ich mag das Leben dort, alles spielt sich etwas langsamer ab. Wir haben dort auch unseren Tisch, und die Kellner, drei an der Zahl, Michel, Gérard und Jean, kennen uns, reden uns mit Vornamen an, sagen aber Sie. Sie erinnern an jene Brasserie-Ober, die, wie man weiß, den Adel dieses Berufsstandes darstellen: Sie sind groß, tragen Schnurrbärte, haben einen Bauch, eine lange weiße Schürze und eine schwarze Fliege. Sie wissen genau, wie man ein Tartar zubereitet, eine Seezunge filetiert, Nierchen oder Crêpe Suzette flambiert. Das alles erinnert sehr an Filme von Sautet aus der Zeit von *Garçon, Kollege kommt gleich*. Ich fand es schon immer schön, wenn das Leben an Filme erinnert.

Eugène bestellte Kalbsleber und ich Andouillette. Vorher hatten wir uns eine Portion Porree in Vinaigrette geteilt und zum Nachtisch ein Stück Blätterteig mit Cremefüllung. Zwei Café, die Rechnung. Für Eugène, denn er lässt sich nur einmal im Jahr einladen, zu seinem Geburtstag am 28. Mai. In meiner Tasche hatte ich während des ganzen Essens das Päckchen *kretek*, das ich ihm schenken wollte. Ich habe es wieder mitgenommen. Genau wie das, was ich ihm über die Toraja, ihre Totenrituale und den Kinderbaum hatte erzählen wollen.

Eugène war nach mir gekommen. Ich saß schon seit zehn Minuten auf der Bank und wartete. Gérard hatte mir ein Glas weißen Rully gebracht mit der Bemerkung, wie erholt ich aussähe. Da bewegte sich die Drehtür. Eugène erschien. Derselbe wie immer, mit strahlendem Gesicht. Dieselben Jeans, der ewig gleiche blaue Blazer. Weißes Hemd, braune Mokassins. Haltung wie ein Jugendlicher. Dichtes Haar, graumeliert. Ich stand auf. Wir haben uns fest umarmt, vielleicht etwas länger als sonst. Ich glaube, ich habe unsere Umarmung verlängert, ohne es zu wollen.

Eugène ist mein Produzent und mein bester Freund. Zuerst war er nur mein Produzent, mit der Zeit wurde er dann mein bester Freund. Ich weiß nicht, ob ich es auch für ihn bin. Nach solchen Dingen frage ich lieber nicht. Man weiß nie genau, was man für die anderen ist, und Enttäuschungen auf diesem Gebiet haben mich manchmal sehr bekümmert.

Ich habe von Sulawesi erzählt, den vielen Arten Himmel, den Wegen aus roter Erde, den von Affenschreien verhexten Wäldern, den nächtlichen Märkten, dem wunderbaren Gestank der Feuer, auf denen Fleisch gebraten wird, der Unendlichkeit, die sich in den Seen spiegelt, den alten Amerikanerinnen mit den rosafarbenen Haaren, von dem kleinen Kind, das auf mich zulief und mir die Hand reichte, während ich über den schmalen Wall zwischen zwei Reisfeldern ging, auf denen Paddyreis-Sprossen emporwuchsen. Ich nahm es auf den Arm und war gerührt, denn ich glaubte, es wolle, dass ich es beschütze und ihm helfe zu gehen, in Wirklichkeit aber war es genau umgekehrt – es hielt mich für sehr alt und wollte mir helfen, damit ich nicht hinfiel, aber das merkte ich erst später.

Beim Blätterteigkuchen wagte ich mich vor. Eugène war während des ganzen Essens nicht auf das Thema zu sprechen gekommen. Er schien glücklich zu sein. Er war so sehr *wie vorher*, dass ich mich fragte, ob ich die Nachricht auf dem Anrufbeantworter nicht geträumt hatte.

»Ich habe nur ›böse‹ gesagt, um dir Angst zu machen. Da ist nichts Böses dran. Es ist ein normaler Krebs, und er ist noch ein ziemlicher Anfänger. Vermutlich ein Amateur. Sie haben alles rechtzeitig erwischt. Ein kleiner Fleck auf dem linken Lungenflügel. Ich war bei den besten Spezialisten. Ninon hat sich um alles gekümmert. Ein kleiner Eingriff und eine leichte Chemotherapie. Reden wir nicht mehr davon.«

Ninon ist Eugènes älteste Tochter. Sie ist Psychiaterin. Sie hat sich erst kürzlich niedergelassen. Eugène hat fünf Kinder. Von fünf verschiedenen Frauen. Das jüngste ist noch keine sechs. »Für dich sind auch welche dabei«, sagt er manchmal. Eugène verliebt sich oft. Und wenn er verliebt ist, macht er ein Kind.

Eugène schwieg. Lächelte mir zu. Spießte ein Stück Kuchen mit der Gabel auf, kostete es mit geschlossenen Augen, zeigte auf den gefüllten Blätterteig und sagte:

»Gott existiert. Das ist gar keine Frage.«

Dann hob er sein Glas, und wir stießen an, auf Gott, den Blätterteig, uns und das Leben.

Ein knappes Jahr später starb Eugène, am 23. Februar 2013. Sein Krebs war wirklich böse und wurde in wenigen Monaten immer schlimmer. Es war kein Anfänger, wie er geglaubt hatte, sondern ein alter Profi, der methodisch vorging. Ein erprobter Auftragskiller. In der Woche vor seinem Tod, als ich ihn täglich auf der Palliativstation im Krankenhaus besuchte, habe ich ihm endlich die Geschichte vom Baum der Toraja erzählt. Durch das Morphium war sein Gesicht, das durch die bisherige Behandlung aufgequollen schien, entspannt. Auf dem Kopf hatte er kein einziges Haar mehr. Ein italienischer Schauspieler, den er sehr mochte, hatte ihm einen Gärtnerhut aus geflochtenem Stroh geschenkt, den er immer trug. Sein Bett auf Rädern nannte er *Schubkarre*. Er hörte mir mit halbgeschlossenen Augen zu, ein Lächeln auf den Lippen. Ich legte das *kretek*-Päckchen auf den Nachttisch. Ich küsste ihn auf die Wangen, die seit ein paar

Wochen kalt wie Marmor waren. Er hielt mich mit seiner Hand fest und raunte mir ins Ohr:

»Der Tod macht Kinder aus uns allen.«

Als ich ihn mit einem gewissen Unverständnis ansah, fügte er hinzu:

»Ich sage das wegen deines Baumes.«

Das waren die letzten Worte, die ich von ihm hörte.

Am nächsten Tag fiel er in ein kurzes Koma, aus dem er nicht mehr erwachte.

# III

Ich merke, dass ich beim Schreiben verschiedene Zeitformen vermische, Präsens, Imperfekt, Perfekt, die nach den Regeln eigentlich nicht nebeneinander stehen können. Wenn ich Filme mache, denke ich nie an so etwas. Ich lasse eine Aufnahme auf die andere folgen, ohne Rückblenden oder Sprünge in die Zukunft. Schon sehr früh hatte ich den Eindruck, dass das Kino eine Kunst ist, bei der es um das Vorwärts geht. Die Entwicklung der Figuren, Situationen, der Dekors, der vom Wind getriebenen Wolken. Ich fand immer, dass Zeitchirurgie, mit Ausnahme von Ellipsen, Ausschnitten, die im Grunde nichts als Verdichtung sind, Ausschnitte von dramaturgisch leeren Momenten, bei denen man Zeit herausschneidet, aber paradoxerweise welche gewinnt, nicht moralisch ist – ich verwende manchmal große Worte. Ein Filmemacher darf sich nicht das Recht nehmen, das kein Mensch besitzt, selbst wenn viele davon träumen: in verlorene Momente seiner Vergangenheit zurückzukehren. Oder im Vorhinein zu probieren, was die Zukunft bringt.

Die Literatur hingegen ist wie ein Zicklein, das sich mit keiner Leine bändigen lässt. Sie kann alles und ist die freieste aller Künste. Eugène hatte mir das Buch *Morels Erfindung* von Adolfo Bioy Casares geschenkt. »Das müsste dir gefallen.« Es gefiel mir wirklich. Eugène war ein Produzent, der Bücher las. Das gibt es kaum. Er verstand es, mich mit Büchern auf den richtigen Weg zu bringen, wenn ich an einem Thema arbeitete, selbst wenn die Erzählungen und Romane, auf die er mich verwies, nach dem ersten Lesen zu dem Drehbuch, das ich zu schreiben versuchte, keinen direkten Bezug hatten.

Die großartige Erfindung dieses argentinischen Autors besteht in einer Maschine, die Augenblicke des Lebens aufzeichnen und immer wiedergeben kann, so einfach, wie wenn man eine Schallplatte herumdreht. Der Held hat einen Weg gefunden, sich von der Zeit zu lösen, jedenfalls von bestimmten Fragmenten des unerbittlichen Ablaufs der Zeit, die alles der Zerstörung preisgibt, wie schon Ovid vor mehr als zweitausend Jahren geschrieben hat.

Das Drehbuch, mit dem ich damals beschäftigt war, ging von einem Ereignis meines Lebens aus: dem Selbstmord meines Jugendfreundes Jean-Christophe, der sich mit neunzehn Jahren das Leben nahm, weil er es nicht ertrug, dass das von ihm geliebte Mädchen seine Gefühle nicht erwiderte. Wenn ich an ihn denke, erscheinen seine Züge mit unglaublicher Präzision vor meinem inneren Auge. Dabei erinnere ich mich nur schwer an die Gesichter mancher Bekannter, wenn ich sie ein paar Monate nicht mehr gesehen habe.

Jean-Christophe war eigentlich kein enger Freund, doch wir hatten sechs Jahre das öde Internatsleben in der Lothringer Provinz geteilt, zwanzig Kilometer von der kleinen Stadt entfernt, in der ich geboren war. Meine Mutter hatte mich wegen des guten Unterrichts dorthin geschickt. Sie hoffte, ich würde durch meine Ausbildung das Milieu von Bauern und Arbeitern verlassen, in dem unsere Familie seit Jahrhunderten verharrte. Was das angeht, hatte sie aufs richtige Pferd gesetzt.

Ich weiß noch, dass Jean-Christophe *Gitanes* rauchte. Er hatte früh damit angefangen, ich glaube, schon in der siebten Klasse. Im Winter wie im Sommer trug er immer ein einfaches weißes Hemd, die Knöpfe über der Brust geöffnet. Ihm schien nie kalt zu sein. Seine Augen blickten stets in die Ferne. Über das Gesicht seiner Gesprächspartner hinaus. Über das Gesicht des Lehrers, der ihn befragte, hinaus, über den Horizont hinaus, wenn wir mittwochnachmittags spazieren gingen. Vielleicht sogar über die Zeit hinaus.

Zum letzten Mal unterhielt ich mich mit Jean-Christophe in einer Nacht im Waschraum neben unserem Schlafsaal. Wir trafen uns dort immer zu mehreren und redeten über Philosophie, Musik und rauchten Zigaretten unter dem geöffneten Fenster vor dem schwarzen Nachthimmel. Wir waren in der Abschlussklasse. In dieser Nacht stritt ich mich mit ihm, ich weiß nicht mehr worüber. Ich erinnere mich, dass ich harte Worte gegen ihn gebrauchte, dass ich ihn mit der Sprache demütigen wollte, die ich besser beherrschte als dieser Klassenkamerad, dessen etwas füllige Lippen die Worte, die sie aussprachen, nie ganz preisgeben wollten.

Das Schuljahr war vorüber. Ein paar Tage später begannen die Abiturprüfungen. Wir haben nie mehr miteinander gesprochen. Nach dem nächtlichen Streit war ich ihm gegenüber verlegen und schämte mich, machte mir aber nicht die Mühe, es ihm zu sagen. Wir verließen das Gymnasium und machten beide die ersten vorsichtigen Schritte in ein Leben, in dem der andere keinen Platz mehr hatte. Er fehlte mir nicht, und ich glaube, es entspricht der Wahrheit, wenn ich behaupte, dass ich ihm auch nicht fehlte. Ein Jahr später erfuhr ich von einem gemeinsamen Bekannten, dem ich als Student in Nancy auf der Straße begegnete, von Jean-Christophes Selbstmord.

Ich weiß nicht, ob die Erinnerung an seinen Tod mir deshalb noch so gegenwärtig ist – mit nie nachlassender Dauer, großem Kummer und in aller Deutlichkeit –, weil ich ihn nicht für den ihm zugefügten Schmerz um Verzeihung bitten konnte oder weil seine endgültige Tat so vollkommen sinnlos war. Das Mädchen, für das er sich umbrachte, hat nie davon erfahren. Zu sagen, dass sie es nicht wert war, liegt auf der Hand. Ich meine dabei nicht ihren Wert als Person, sondern den Zusammenhang ihres Lebens hier auf Erden mit dem Verschwinden eines Lebens von dieser Erde, das sie unfreiwillig verursacht hat.

Am Ende von *Eine Liebe von Swann*, im ersten Band der *Suche nach der verlorenen Zeit* lässt Proust Swann über Odette sagen: »Wenn ich bedenke, dass ich mir Jahre meines Lebens verdorben habe, sterben wollte, meine große Liebe einer Frau widmete, die mir nicht gefiel, die nicht zu mir passte!« Ich konnte diese Zeilen nie lesen, ohne an Jean-Christophe zu denken, ohne seinen vagen, in die Ferne schweifenden Blick zu sehen, seine Finger, die die Zigarette hielten, seine weiße, magere Gestalt auf dem vom winterlichen Wind gepeitschten Schulhof und den Waschraum, in dem wir uns stritten. Ich glaube, dass in dieser Nacht, als ich den Raum verließ, auch in Jean-Christophes Augen Tränen waren und mein Herz dem entsprach, was Pascal vom Herzen der Menschen sagt: Es war »hohl und voller Unrat«.

Ich habe lange überlegt, wie ich dies in einem Film erzählen könnte, alles zusammen, die Erinnerung an meinen Klassenkameraden oder besser gesagt, die

Deutlichkeit dieser Erinnerung, die Art, in der sie in gewisser Weise über mein Leben entschieden hat, und den enttäuschten Satz von Swann, der ein Schlamassel feststellt, aber von einem lebenden Swann, der sich für das Leben entschieden und die Verlockung des Todes von sich gewiesen hat.

Gewissensbisse, Zeit, Tod, Erinnerung sind nur die verschiedenen Masken eines Erlebens, für das es in der Sprache keine Bezeichnung gibt, und die man am einfachsten durch den Ausdruck *Lebenserfahrung* wiedergeben kann. Im Grunde besteht unsere gesamte Existenz in der Erprobung dessen, was wir daraus machen. Unaufhörlich bauen wir an uns weiter, während die Zeit vergeht, und erfinden Listen, Maschinen, Empfindungen, Köder und versuchen damit, das Leben ein bisschen auszutricksen, es zu verraten, zu verdoppeln, es auszudehnen oder zu beschleunigen, es aufzuhalten oder aufzulösen wie ein Stück Zucker in einer Tasse Kaffee.

Eugène hatte mir damals zugehört, die Füße auf dem Schreibtisch, dazu trank er einen Tee und inhalierte eine seiner *Craven A* ohne Filter, die er in Kette rauchte. Manchmal dauerten unsere Sitzungen Stunden. Der eine hörte dem anderen zu. Richtige Gespräche gab es dabei kaum. Ich glaube, wir brauchten immer ein paar Tage und Nächte, in denen wir uns nicht sahen, damit durch die Worte des einen die

Worte des anderen entstanden, beim nächsten Treffen äußerte er sie dann. Das war unser Arbeitsrhythmus. Ein paar Tage nachdem ich ihm von Jean-Christophes Selbstmord erzählt hatte, schenkte mir Eugène *Morels Erfindung.*

»Das müsste dir gefallen.«

Mein Film hieß *Nicht meine Art.* Ich drehte ihn mit portugiesischen Schauspielern in Lissabon, einer magnetischen und auf besondere Weise menschlichen Stadt. Seltsamerweise haben die französischen Surrealisten sie kaum gewürdigt. Dabei scheint mir, wenn es auf der Welt ein paar Orte gibt, die die Kraft haben, sich nach außen stülpen wie ein Handschuh, gehört Lissabon ganz bestimmt dazu – so viele Passagen, doppelte Korridore, Nebenzentren aus Satin und weißem Stein. Ich könnte, glaube ich, dasselbe von Montevideo sagen, das ich später entdeckte, und auch von Valparaiso.

Es war der Anfang eines neuen Jahrtausends. Es war ein Dreh, den wir sehr genossen, mit einer winzigen Crew und wunderbaren Schauspielern. Eugène besuchte uns oft. Donnerstagabends kam er mit dem letzten Flugzeug und flog montagmorgens wieder zurück. In jenem Jahr war er verliebt. Sie hieß Angelina und arbeitete in einem Schuhladen. Eine Italienerin mit einem blumigen Akzent. Es dauerte nur kurz. Nicht lang genug, um ihr ein Kind zu machen. Es war ein sehr milder Sommer, eher Spätsommer. Ganze Abende lang tranken wir Vinho verde in einfachen Cafés im *Bairro Alto*, aßen große violette Oliven und Sardinen, die in kleinen gekachelten Innenhöfen gegrillt wurden.

Damals war ich noch verheiratet. Florence schmiegte sich an mich und trug einen grauen Schal um die Schultern. Wir hörten Eugène zu und freuten uns des Lebens. Am Himmel leuchteten Sterne, die uns wie freundliche Augen betrachteten. Wir wohnten in einer Wohnung, die an eine große Mönchszelle erinnerte, die Wände waren mit Kalk geweißelt, der unebene Boden war mit sechseckigen lavaroten Tonfliesen bedeckt.

Eine Figur aus dem Film hieß Jean-Christophe. Es war kein junger Mann, sondern ein Greis, der eine Buchhandlung mit alten Büchern hatte. Die Kostümbildnerin und ich hatten ihn so gekleidet wie meinen Jugendfreund, mit einem weit offenen weißen Hemd, das eine nicht mehr glatte, mit feinen grauen Haaren bedeckte Brust zeigte, und einer schwarzen Leinenhose. Jean-Christophe war alt geworden. Durch mich und das Kino. Er las Proust und erzählte Morels Geschichte einer jungen Frau, die wusste, dass ein junger Mann, dem sie jeden Tag auf dem Weg zur Arbeit begegnete, sie nicht liebte.

*Nicht meine Art* ist ein Film über parallele Wege, die Korridore der Zeit. Man begegnet sich dort oft. Man umarmt sich kaum. Die Stadt und der Ozean sind ewige Anhaltspunkte für flüchtigen Austausch. Die Figuren halten sich an den Orten fest, doch diese besitzen die elegante und ruhige Schönheit der Gleichgültigen. In dem Film stirbt niemand, aber am Ende verschwindet alles außer der Stadt.

Für Eugène und mich war es der größte öffentliche Erfolg, was ich jedoch gleich einschränken muss, denn richtigen Erfolg hatten wir nie. *Nicht meine Art* war kein Misserfolg, er hat eine bestimmte Art Frauen und Männer berührt, die sich wie wir mit der Zeit und dem Leben beschäftigten, mit Knoten und Schlaufen, mit Gesichtern, die vorbeigleiten und verschwinden, Stimmen, die hörbar werden, und den Erinnerungen an verletzte Gefühle, die niemals heilen und niemals vergehen.

# IV

Als ich Eugènes Nachricht von seiner Krankheit erhielt, hatte ich erst den Tod von wenigen mir Nahestehenden erlebt. Mein Vater war vier Jahre zuvor gestorben. Man hatte ihn an einem Sommermorgen zusammengekauert neben seinem Bett gefunden, mit neunundachtzig Jahren. Der Tod meiner Bergkameraden lag länger zurück. Er war tragisch und gewaltsam gewesen und hatte junge Menschen heimgesucht, die noch ihre ganze Kraft besaßen. Es waren Unfälle gewesen, Folgen einer Passion für große Höhen und Gefahren, zwei Dinge, auf die sich die meisten Menschen nie einlassen. Bergsteigen war auch für mich eine heftige Leidenschaft, und bis heute fällt es mir schwer, mich von ihr zu heilen, obwohl mein älter werdender Körper mich von Jahr zu Jahr vernünftiger und maßvoller werden lässt.

Ich weiß nicht, warum in meiner Jugend diese maßlose Liebe zum Klettern und Gipfelbesteigen in mir entstand und immer größer wurde. In meiner Familie interessierte sich keiner für Sport, und wir fuhren auch nie in Ferien, weil das Geld dazu nicht ausreichte. Lothringen besteht weitgehend aus ländlichen Gegenden, und die Vogesen sind zwar Berge, haben aber durch die Erosion die Form von runden Ballons bescheidener Größe angenommen. Auch hier zeigten mir, so kommt es mir vor, die Literatur und das Kino, was mir die Welt bisher vorenthalten hatte. Dass ich diesen Durst verspürte und ihn stillen konnte, verdanke ich den Romanen von Frison-Roche, den Büchern von Samivel, Gaston Rébuffat und den deutschen Filmen der Zwischenkriegszeit wie dem *Blauen Licht,* in denen Leni Riefenstahl, die Darstellerin und Regisseurin, von einem Rausch der Leere und der Anstrengung besessen scheint, wie ich ihn nie empfunden hatte. Außerdem beeinflussten mich Filme von Marcel Ichac, René Vernadet, Gérard Herzog und viele andere, düstere Dokumentarfilme von Himalaja-Expeditionen, in 16 mm mit steifen Händen gedreht, in denen Geschöpfe unter mehreren Daunenschichten, die Augen hinter Schweißerbrillen verborgen, Schritt für Schritt vorwärtsgehen, in gebeugter Haltung gegen den Wind auf einem endlosen schneebedeckten Grat, als sei es ihr Ziel, etwas weiter oben über den Himmel zu gehen.

Bergsteigen ist nicht nur ein Sport, es ist auch der Wunsch, die Ungleichheit der Proportionen von Raum und Zeit zu messen. Ein Mensch, der auf Berge steigt, setzt sich Elementen aus, an deren Elle gemessen sein Ich und seine Dauer in der Welt eine zu vernachlässigende Größe sind. Sie ist so gering, dass sie in den genauesten Berechnungen der gewissenhaftesten Mathematiker gar nicht vorkäme. Da oben sind wir nichts. Und die Anstrengungen, die wir unternehmen, um uns die Illusion zu verschaffen, diese Berge für einen kurzen Augenblick erobert zu haben, weil es uns gelungen ist, uns einen Weg zu bahnen und einen Gipfel zu erreichen, lassen die beträchtlichen Massen von Eis und Felsen vollkommen gleichgültig.

Bergsteigen ist eine raue Lektion in Philosophie. Doch das Gefühl, das jemanden überkommt, der endlich am Ende des Wegs ankommt und zu seinen Füßen die Welt liegen sieht, aus der er kommt und in die er sehr schnell wieder hinabsteigen muss, ist unversehrte, reine Freude. Mir schien es immer so, als könne man in solch *unmenschlichen* Gegenden in höchstem Maß jene *menschlichen* Gefühle empfinden, die unser Leben tragen und rechtfertigen, auf wunderbare Weise von dem Schmutz befreit, den die Welt ihnen sonst auflädt.

So erklärt sich das Spiel mit der Gefahr. Doch den Tod sucht der Alpinist in den Bergen nie. Er will vielmehr dieses Erlebnis reiner Empfindungen so weit wie möglich erkunden, ihre Vollkommenheit erreichen, ihre Quintessenz und den Schwindel genießen, der uns packt, wenn wir sie verspüren, und die noch verstärkt werden durch die Müdigkeit, die jeden Muskel unseres Körper beugt, knetet, quält, wie die Hand einer starken und kräftig zupackenden Masseurin.

Als ich versuchte, dies Eugène zu erklären, hüllte er sich in den Rauch seiner *Craven A* und lächelte mich spöttisch an.

Ich habe immer noch die Gesichter von Marco, Alain, Tipol, Nicolas, Chloé und den beiden Patricks vor Augen. Alle sind in den Bergen umgekommen, in den Alpen, den Anden, dem Karakorum, dem Annapurna-Circuit, in Spitzbergen. Ich habe sie noch lebend vor Augen, bevor sie losfuhren, in den letzten Augenblicken, junge künftige Tote, die auf den Caféterrassen von Chamonix Bier tranken, wo wir zwischen den Bergsteigern herumlümmelten und Jungen und Mädchen vorbeiziehen sahen, die schönen Mädchen endloser Sommer, die uns auch ansahen, schmutzig und verschwitzt wie wir waren und verbrannt von der höchsten aller Sonnen, der Sonne der Götter und der Leere.

Von ihrem Tod erfuhr ich durch einen Telefonanruf, das Telegramm eines Freundes, eine kurze Zeitungsnotiz. Es war immer ein weit entfernter Tod, der mit meinem Leben nichts zu tun hatte, auch wenn ich manchmal die Orte kannte, an denen sie gestorben waren, und ich konnte mir ihr riesiges Grab vorstellen, vom Wind gepeitscht, vom Steinschlag getroffen, von Eisstürmen und Lawinen. Für mich waren sie nicht wirklich tot. Sie waren nicht mehr im Leben. Das war nicht dasselbe.

Mit Gary war es anders. Ich schlief drei Nächte neben seiner Leiche. Eigentlich war es kein Schlaf, ich habe kaum ein Auge zugetan. Gary hatte seine Augen weit offen. Es gelang mir nicht, sie zu schließen. Das schlechte Wetter hatte uns beim Abstieg von den Dames anglaises überrascht, zwei Wächtern aus Granit, die den eleganten Grat von Peuterey überschneiden, der von der italienischen Seite zum Gipfel des Mont-Blanc führt und dessen Zeichnung aus schwarzem Fels und Schneefiligran man von Courmayeur aus sehen kann.

Wir waren beide achtundzwanzig. Seit sechs Jahren schon kletterten wir gemeinsam. Wir waren eine Seilschaft, eine Einheit, die es außerhalb dieser hochgelegenen Welt nicht gibt: zwei Menschen, die beide in jedem Augenblick blind ihr Leben der Hand des anderen anvertrauten.

Das Gewitter ging in unvorhersehbarer Schnelle auf uns nieder. Seit wir bei unserem Biwak aufgewacht waren, war es in dieser Höhe für die Jahreszeit zwar etwas zu warm gewesen – es war Mitte Juni –, aber wir achteten nicht darauf. Ein paar Wolken hatten angefangen, schmutzige Milch über den Himmel zu gießen, harmlose langsame Stratuswolken, dann erschienen bei Les Jorasses von der Schweiz herkommend dicke schwarze Rollen wie riesige Krampfadern, getrieben von einem Wind, der nicht zu hören war und über den Himmel raste wie die beigefarbenen Wellen von Sturmfluten auf Sand.

Gary glitt gerade das letzte Stück der Wand herunter, als ich um mich herum Bienen fliegen hörte – so nennt man in diesen Höhen das akustische Phänomen statischer Elektrizität –, und sah, wie auf der Spitze meines Eispickels und auf den Haken und Karabinern, die an meinem Klettergurt hingen, bläuliche und zitronengelbe Flammen auftauchten. Als ich zu Gary hinübersah, um ihn zu warnen, war er dabei, sich abzuseilen, und drehte sich unterhalb eines Überhangs um sich selbst. Er sang nach Leibeskräften. Ein Lied der Stones: *Gimme Shelter.* Doch der Wind trug seine Worte davon und trieb Wolken zu ihm herüber, die das gesamte Bergmassiv einhüllten.

Plötzlich schoss aus der grauen Masse in einem orangefarbenen Zickzack der Blitz hervor und traf meinen Kameraden auf Brusthöhe. Er ließ das Seil los, und die losgelöste Seilbremse ließ ihn abrupt nach unten stürzen wie eine baumelnde Kugel aus Stoff. Die Bremsknoten, die ich vor dem Abseilen immer am Ende der beiden Seilstränge anbrachte, bremsten seinen Fall einen Meter von mir entfernt. Durch die Elastizität des Seils hüpfte er einige Male auf und ab wie ein Hampelmann, dann hörte die Bewegung auf, und er hing da, leblos, den Kopf auf die rechte Schulter gekippt. Aus beiden Ohren sickerte Blut. Er bewegte die Lippen. Er murmelte etwas, das ich nicht verstehen konnte. Seine Augen blickten auf einen Punkt in der Ferne hinter mir. Ich befreite ihn so schnell ich konnte aus dem Seil und setzte ihn auf einen kleinen Vorsprung, auf dem wir beide Platz hatten. In unserer Nähe schlugen zwei weitere Blitze ein, ließen Felsblöcke bersten und in die Tiefe stürzen. Von unten stieg der Geruch von Staub und feuchtem Kies auf. Dann wütete das Gewitter anderswo weiter. Der Nebel entzog uns der Landschaft. Die Temperatur brach ein und bald umwehten uns die ersten Schneeflocken.

*Yeah, a storm is threatening*
*My very life today*
*If I don't get some shelter*
*Lord, I'm gonna fade away.*

Gary sang leise vor sich hin. Mein Freund schied mit einem Lied der Rolling Stones aus dem Leben. Ich hatte ihn dicht an mich gezogen und mit seiner Daunenjacke und dem Stoff unseres Zelts zugedeckt. Ich hatte ihm den Helm abgenommen, ihm seine Mütze aufgesetzt und seine Hände in Seidenhandschuhe und seine dicken Wollfäustlinge gesteckt. Es schneite heftig. Aus seinen Ohren sickerte immer noch Blut. Ein kleines Rinnsal, das schnell in seinem Nacken und am Rand seiner Mütze trocknete und dunkelrote Streifen hinterließ. Er antwortete auf keine meiner Fragen oder Bitten. Er schien mich weder zu sehen noch zu hören. Ich hatte nicht den Eindruck, dass er litt. Sein Gesicht war ruhig. Von Zeit zu Zeit glaubte ich, ein Lächeln zu erkennen. Ich vertrieb die Schneeflocken, die sich dreist auf ihm niederließen. Ich hielt seine Hände. Ich wollte ihm den Rest aus der Thermosflasche zu trinken geben, doch der Tee lief an seinen Lippen herunter, die immer noch murmelten:

*If I don't get some shelter*
*Lord, I'm gonna fade away*
*Lord, I'm gonna fade away*
*Lord, I'm gonna fade away.*

Dann kam die erste Nacht.

Endlos. So lang wie tausend Nächte.

Am nächsten Morgen hatte Gary aufgehört zu singen.

Dann kamen die beiden nächsten Nächte.

Und danach alle anderen.

Alle anderen meines Lebens.

*Lord, I gonna fade away*
*Fade away, fade away …*

In meiner Nachttischschublade liegt das letzte Foto, das ich von Gary gemacht habe, nur wenige Stunden vor dem Unfall. Man sieht ihn auf dem Gipfel des Noir de Peuterey. Er lächelt. Er sieht mich an. Er ist achtundzwanzig. Er hat die überbordende Schönheit der Jugend. Er weiß noch nicht, dass er sich bald aus der Zeit zurückziehen wird. Ich nehme das Foto oft zur Hand. Ich sehe ihn an, da wo er war. Ich erwidere sein Lächeln. Oder ich lächle mich an, ein fernes Ich, das nicht mehr ist.

Ich habe Jahre gebraucht, bis ich Eugène die Geschichte von Gary erzählen konnte, die Angst, einen toten Freund an einen lebenden zu verraten, hielt mich zurück. Eines Tages habe ich ihm dann alles gesagt. Es war Winter. Draußen schneite es. Ein Schneefall folgte auf den anderen. Eugène hörte zu und rauchte seine *Craven A*.

Ein paar Tage später schenkte er mir *Bergfahrt* von Ludwig Hohl, eine anschauliche Erzählung über Berge und Freundschaft.

»Das müsste dir gefallen.«

# V

Wir Lebenden sind erfüllt von den Worten unserer Phantome. Unser Körper und der Stoff, aus dem unsere Seele besteht, kommen durch eine Kombination von Molekülen zustande und durch das komplexe Gewebe von Wörtern, Bildern, Empfindungen, Augenblicken, Gerüchen und Szenen, die unsere Existenz uns vorübergehend oder dauerhaft hat erleben lassen. Sein Leben fortzusetzen, wenn um einen herum die Gestalten und ihre Gegenwart verschwinden, bedeutet, dass man dauernd eine Ordnung neu erfinden muss, die das Chaos des Todes in jeder Phase des Spiels beseitigt. Leben bedeutet in gewisser Weise, überleben und die Dinge neu zusammensetzen zu können.

Ich habe die Durchhaltekraft der Menschen immer bewundert. Im zwanzigsten Jahrhundert, aus dem ich stamme, hat die Zivilisation mit ihrem Wissen zwei bedeutsame und widersprüchliche Wege eingeschlagen: die Suche nach immer wirkungsvolleren Instrumenten der Vernichtung und die Verbesserung der

Lebensbedingungen und den Schutz der Menschen. Beides wurde mit Hilfe der Naturwissenschaften ermöglicht: Physik und Chemie für die Herstellung tödlicher Waffen, Medizin und Pharmakologie, um Menschen möglichst lange so gut wie möglich am Leben zu erhalten. An der Kreuzung dieser beiden Wege wurden einige Wegweiser aufgestellt, die man als Ideologien bezeichnen könnte. Sie sollten einen Weg weisen, zu einem Umgang mit der Welt und einem Gesellschaftsplan, und haben zumeist die Rolle der Seeräuber gespielt, die früher an gefährlichen Küsten Laternen anzündeten und an den Hörnern von zwei Rindern festbanden, um Schiffe anzulocken, die zerschellten und dann ausgeplündert wurden. Die Schiffe waren, wie man weiß, mit hunderten Millionen Menschen beladen. Wenn ich Monsieur Bellagar über meinem Kopf auf seinem verstimmten Klavier seine holperigen Melodien spielen höre, glaube ich, die Musik des Jahrhunderts zu hören, in der sich der süßliche Wahn von Ideologien, die sich als absurd erwiesen haben, und der durch ihr Scheitern hervorgerufene bittere Schmerz miteinander vermischen.

Als Eugène seine erste Chemotherapie abgeschlossen hatte, zeigte sich bei den Untersuchungen, dass der Tumor gänzlich zerstört worden war. Mein Freund gab damit an. Letztlich sei das alles ja nur eine kleine Sache gewesen. Gar nicht schlimm. Er habe auch keine Angst. Und als wolle er ganz besonders schlau sein, gab er bei einem flämischen Künstler eine Art *vanitas*-Bild in Auftrag, mit dem er nach Belieben meditieren konnte: An einer Wand seines Arbeitszimmers waren drei eingerahmte Röntgenaufnahmen zu sehen, die den Fleck auf seiner Lunge zeigten, eine kleine schwarzmatte Nuss, harmlos und mittlerweile verschwunden. Heute hängen sie in meinem Schafzimmer über dem Kopfende meines Bettes, dort, wo man früher die Kruzifixe aufhängte.

Er und ich führten lange Gespräche über die Fehlleistungen des Körpers, über das Böse und seine Programmierung, in der Gesellschaft und in unserem Organismus, über die Möglichkeit zu handeln, um Degenerationsmechanismen einzudämmen, oder darüber, dass vielleicht mit unserer Geburt, mit der Geburt der Zivilisationen ein Prozess in Gang gesetzt wird, den man mit dem Countdown zahlreicher innerer Bomben vergleichen kann, deren Zündung, Kraft und Wirkung je nach Individuum und Volk variiert, und deren Explosion man nicht verhindern kann, was immer man auch tut.

Ein bemerkenswerter Cos d´Estournel 1995 half uns, unsere Ideen klar zu äußern und so weit zu führen wie möglich. All dies stand im Grunde im Zusammenhang mit den Debatten, die Theologen und Philosophen im siebzehnten Jahrhundert über das

Seelenheil geführt hatten, über Vorherbestimmung, über *gratia sufficiens* und *gratia efficiens*. Konnte man vielleicht auf den Körper übertragen, was über die Seele gesagt worden war? Warum sollte man sich bemühen, diesen zu unterhalten und zu schonen, wenn das alles letztlich nichts nützte, weil wir, wie eine Theorie behauptete, mit einem Körper geboren werden, in dem schon die Fermente seines Niedergangs und des Todes schlummern, vor denen uns nichts bewahren kann – weder Diät noch Sport, noch besondere Vorsicht.

Eugène sprach von seinem zerstörten Tumor wie von einem intelligenten Gebilde. Dieses Böse in ihm hätte er gern kennengelernt. Er redete sich ein, dass es sich um eine Art Geschwür handelte, das alles, was er in seinem Leben an Negativem erzeugt oder erlitten hatte, in sich trug – bittere Erfahrungen, Enttäuschungen, Liebeskummer, beruflichen Misserfolg, Selbstverachtung.

Als ich, was einleuchtender gewesen wäre, die *Craven A* ins Spiel brachte, mit deren Qualm er, seit er achtzehn war, seine Lunge braun färbte, wies er das Argument mit einer Handbewegung von sich, obwohl er – und das widersprach in gewisser Weise seiner großartigen Analyse – aufgehört hatte zu rauchen. Ich gebe aber zu, dass seine Theorie, die er mit sichtlichem Vergnügen detailliert und mit der Zungenfertigkeit eines Marktschreiers darlegte, mich so sehr beeindruckte, dass in meinem Kopf vage embryonenhafte Gebilde auftauchten, die mir vielleicht Stoff für meinen nächsten Film boten.

Wann werden wir schwer krank? Wenn alles gut geht oder wenn es schlecht läuft? In der Monotonie der immer gleichen Tage? Oder bei Deregulierung, wenn das immer gleiche Alltägliche durchbrochen wird? Brechen Krankheiten wie Krebs, Herz-Kreislauf-Erkrankungen, ein Infarkt aus, weil bisher unbekannte Umstände eintreten, die uns aus dem Gleichgewicht bringen? Oder wegen eines unausgesprochenen Wunsches, dass etwas geschehen möge? Wegen Abnutzung durch die endlose Wiederholung desselben Lebensrefrains? Durch eine Routine, die das Abwehrsystem lähmt? Kann man das Böse und den Menschen miteinander in Verbindung bringen? Sind wir immer und einfach die Opfer unserer selbst, sind wir schuld an unserem eigenen Sturz?

Diese Fragen beschäftigten mich wochenlang. Um Klarheit zu gewinnen, redete ich mit einem Dutzend Ärzten und Forschern, von denen mich manche vermutlich für wahnsinnig hielten. Künstlern aber verzeiht man vieles – ihre Fehltritte, ihre Manien, ihre Verrücktheiten, ihre Ungeschicklichkeit, ihre Kleidung –, letztlich nimmt man sie wohl nie so richtig ernst.

Die meisten Befragten zählten Selbstverständliches auf – Übergewicht, mangelnde Bewegung, Tabak, Alkohol –, durch die das Risiko, krank zu werden, steigt. Zwei Wissenschaftler nannten mir den Renteneintritt, das plötzliche Ende des Berufslebens, den Tod eines Angehörigen, eine Scheidung, andauernden Stress, die schwere Krankheit einer nahestehenden Person und bezeichneten diese Dinge als Ereignisse, die Erkrankungen auslösen können. Ein Arzt hörte mir mit gefalteten Händen zu, nickte bedächtig mit dem Kopf und verordnete mir anschließend Vitamine und etwas Ruhe. Keiner der Befragten schien wirklich zu verstehen, was ich ihnen zu sagen versuchte, oder besser gesagt, den Weg zu sehen, auf den ich sie gern geführt hätte. Aber es trifft schon zu, dass ich mich immer etwas wirr ausdrücke. Die Worte kommen mir in Gesprächen nicht mehr so leicht über die Lippen wie in meiner Jugend. Es hat schon seinen Grund, dass ich den Worten die Bilder vorziehe, die den Vorteil haben, ungewiss und träumerisch zu sein, und dem, der sie entwirft, genau wie dem, der sie empfängt, die Möglichkeit lässt, sie nach Belieben zu beleben.

# VI

In diesen eigentlich fruchtlosen Tagen machte ich die Bekanntschaft einer jungen Frau, die, ohne dass es ihr bewusst war, seit fast einem Jahr mein Leben teilte. Sie war eine Nachbarin und wohnte in der sechsten Etage im anderen Flügel unseres Gebäudes. Zwischen uns lag durch den Hof ein Abstand von zwanzig Metern, da ich aber eine Etage höher wohnte als sie, hatte ich einen ungestörten Blick in ihre Wohnung. Den Blick auf ihr Schlafzimmer gab eine auf halber Höhe befestigte Jalousie frei. Die Jalousie in der Küche, die neben dem Schlafzimmer lag, war nie heruntergelassen. Ich sah nur diese beiden Zimmer. Das Badezimmer lag wohl auf der anderen Seite. Es schien die junge Frau nicht zu kümmern, dass andere Bewohner des Nebengebäudes wie ich alles sehen konnten, was sie tat. Sie ließ das Licht in ihrem Schlafzimmer und in der Küche stets brennen. Offenbar konnte sie im Dunkeln nicht leben und nicht einmal schlafen.

Von meinem Arbeitszimmer aus konnte ich sieben Wohnungen sehen, darunter auch die ihre. Aus der

Entfernung wirkten sie wie die übereinandergestellten und festgeklebten Kästchen eines Puppenhauses, in denen die Bewohner immer wieder dasselbe taten, was selten aufregend war. Ich hatte meinen alten Schneidetisch vor das Fenster gestellt. So konnte ich beim Schreiben und Zeichnen das Schauspiel dieser Menschen sehen, das mir die Enge und Eintönigkeit meiner eigenen Existenz vor Augen führte.

Mehr noch als das stille Vergnügen des Voyeurs faszinierte mich die seltsame Verkleinerung der Lebenswelten, die mir dieses *Fenster zum Hof* bot. Die Menschen hatten plötzlich die Größe von Labormäusen. Die Wassernäpfe, die Laufräder, die Streu waren zwar durch Waschbecken, Spülbecken, Kühlschränke, Fernseher, Computer, Betten und Sofas ersetzt, doch im Grunde war der Unterschied gering: Gelebtes Leben zeigte sich in einer erschreckend geringen Anzahl von Aktivitäten: essen, sich unterhalten, schlafen. Es war nicht viel anders als im Reich der Tiere.

Ich fing an, meinen Rhythmus dem der anderen anzupassen, es machte mir Spaß, neue Familien zusammenzustellen, deren Mitglieder sich zwar nicht kannten, aber doch gemeinsame Augenblicke teilten, ohne sich dessen bewusst zu sein.

Manchmal stellte ich mir das Leben dieser Leute außerhalb ihrer kleinen Schuhschachteln vor, außerhalb ihrer vier Wände, in denen sie sich so zeigten, wie sie wirklich waren. Mir fehlte der soziale und äußere Aspekt ihrer Existenz. Für die junge Frau aus dem sechsten Stock, die letzte, die in dieses vertikale Mosaik eingezogen war, hatte ich mir ausgedacht, dass sie höchstens achtundzwanzig war und einen Beruf ohne größere Bedeutung hatte – Verkäuferin in einer Boutique vielleicht, Kosmetikerin, Assistentin in einer Werbeagentur oder im Vertrieb.

Sie war groß, hatte langes schwarzes Haar, das sie dreimal pro Woche wusch, sie zog ihre Kleider aus und ließ sie zu Boden fallen, sobald sie in die Wohnung kam, was jeden Abend gegen 20 Uhr der Fall war. Sie schlüpfte in eine kurze Pyjamahose und in ein ausgeschnittenes T-Shirt ohne Ärmel, und darin schlief sie später auch ein. Sie aß ein bescheidenes Mahl, ein Joghurt, etwas Obst, manchmal einen Salat. Morgens aber nahm sie ein reichhaltiges Frühstück zu sich, Tee, Eier, Getreideflocken, Orangensaft, Toast, Käse. Mittags kam sie nie nach Hause. Nach dem Abendessen setzte sie sich auf die Tagesdecke ihres Betts, nahm den Laptop auf die Knie und starrte dann stundenlang auf den Bildschirm, der ihr Gesicht in ein milchiges Licht tauchte, ein Gesicht, das ich wegen der Entfernung nur andeutungsweise erkennen konnte.

Donnerstagsabends ging sie gegen zehn Uhr aus, nachdem sie vorher verschiedene Outfits durchprobiert hatte, alle sehr kleidsam und elegant, soweit ich es aus der Ferne beurteilen konnte. Ihr Zimmer sah dann plötzlich wie eine Umkleidekabine in einem Kaufhaus aus. Kleider, Röcke, Tops, Hosen, Blusen wanderten in einem bemerkenswerten Kreislauf von ihrer Haut zum Boden, vom Bett auf ihre Haut, vom Schrank zum Stuhl, dann landeten sie erneut auf ihrer Haut und verschwanden wieder von dort.

Dass sie während dieser Anproben, halbnackt und ohne Büstenhalter, nur mit einem kleinen schwarzen Höschen bekleidet war, das wie ein Band aus Spitze wirkte und ihre Hüften betonte, war allerdings nicht der Grund für das Vergnügen, das ich empfand, wenn ich ihr zusah.

»Mach mir nichts vor«, hatte Eugène gesagt. Und Florence, die ich einmal im Monat zum Abendessen treffe und mit der ich im gleichen Abstand auch schlafe, nämlich vor dem Essen, hatte mit ihrem Blick dasselbe gesagt wie mein Freund.

Doch ob man mir nun glaubt oder nicht – sie irrten beide. Dass meine Nachbarin beinahe nackt vor dem Fenster herumturnte, war zwar bezaubernd anzusehen, hatte aber nur einen geringen Anteil an meiner Faszination. Was mich an dieser jungen Frau wirklich fesselte, war ihre Unentschlossenheit. Sie schien mir ein Geschöpf zu sein, das seine Rolle noch nicht festgelegt hatte, oder besser gesagt, ein Wesen, für das noch nichts festgelegt worden war – dem Leben angehören oder sich in die Struktur eines Romans, eines Films, eines Theaterstücks, einer Novelle integrieren? Dieser Eindruck rührte vermutlich daher, dass ihr Leben, mehr noch als das der anderen Männer und Frauen aus dem Nebengebäude, von unveränderter Regelmäßigkeit war, die ich als Ausdruck eines Abwartens, einer Unentschlossenheit deutete, das Konstrukt einer Idee oder ein reales Wesen zu werden.

Jene Donnerstagabende, an denen meine Nachbarin ihre Kleidung zum Ausgehen aussuchte, immer wieder zögerte, so als könne sie sich nicht für eine Rolle entscheiden, kam mir wie die Bestätigung dafür vor, dass der Zufall mir etwas gegenübergestellt hatte, was zu beobachten ich bisher nie Gelegenheit gehabt hatte: eine Figur. Eine noch unbestimmte Figur, vage beschrieben, noch in Bewegung, die gerade im Geist eines Schöpfers entstand. Die eigentliche Frage, die ich mir stellte, war folgende: Sollte ich die Dinge geschehen lassen und meine junge Nachbarin zur Heldin eines meiner Filme machen, sie in meiner Phantasie formen und ausfüllen, ihre einfache Erscheinung bekleiden, ihre momentan eher hohle und neutrale Persönlichkeit mit dramatischer Komplexität aufladen, oder sollte ich sie nach und nach in das Reich der Realität Eingang finden lassen, in das wahre Leben – meines und das meiner Umgebung, etwa bei einem zufälligen Treffen, das ich am Eingangstor des Gebäudes herbeiführen könnte, oder im Raum, wo die Mülltonnen standen, oder bei einer Mieterversammlung? Diese Unschlüssigkeit, die ich mit einer gewissen Freude seit Monaten in die Länge zog, wurde plötzlich beendet, als ich im Zuge meiner Nachforschungen über mögliche Auslöser für Krankheiten auf eine Ärztin wartete, mit der Eugène einen Termin für mich vereinbart hatte, über seine Tochter Ninon, die mit ihr zusammen studiert hatte. Ich saß also im Flur einer Forschungsabteilung des CNRS in einer Vorstadt im Süden von Paris und wartete, als ich eine junge Frau aus dem Büro kommen sah, die ich nicht sofort erkannte, deren Züge und vor allem ihre fließenden, leichten Bewegungen jedoch gleich ein Déjà-vu bei mir auslösten. Noch bevor ich meine Eindrücke näher bestimmen konnte, blickte sie mich ohne Zögern auffordernd an – ich war der Einzige, der auf dem Flur wartete –, begrüßte mich mit Namen und bat mich, einzutreten.

»Entschuldigen Sie, es ist ein wenig eng hier, aber so bekommen Sie gleich eine Vorstellung davon, welchen Stellenwert Forschung und Forscher in unserem Land haben.«

Sie wies auf einen Stuhl, auf dem ich nicht ohne Mühe Platz nahm, denn das Büro hatte in der Tat die Ausmaße eines Besenschranks. Die Wände verschwanden vollständig hinter Regalen voller Akten und Bücher, kein Fenster war da, um diese angehäuften Papiere zu belüften. Ich hatte das Gefühl, man hätte mich unversehens zwischen die Seiten eines dicken Buches gesteckt, so als wollte man mich in eine Zelle aus Papier, Wörtern und Tinte sperren. Nur mit Mühe fand ich eine passende Position, um mit meiner Gesprächspartnerin nicht ins Gehege zu kommen. Ich schlug die Beine übereinander, stellte sie wieder nebeneinander. Wir saßen uns an ihrem Arbeitstisch gegenüber, der schmal war wie ein Schülerpult, und unsere Gesichter waren so dicht beieinander, dass ich in ihren tiefbraunen Augen winzige goldfunkelnde Pailletten sehen konnte – wie die farbigen Sprenkel, die uns bezaubern, wenn wir unseren Kinderblick in den endlosen Spiegeln eines Kaleidoskops verlieren.

Ich roch auch ihr Parfum, den Duft ihrer Haut, ihres Atems. Sie hatte offenbar eine Orange gegessen. Unwillkürlich dachte ich an Italien, an einen alten Orangenbaum voller Früchte, den ich vor ein paar Jahren bei Ravello fotografiert hatte, an der Amalfi-Küste. Er wuchs neben der Straße, am Rande eines steilen Abhangs, und das zweihundert Meter weiter unten liegende Meer schien ihn in seinen Kobalttaumel ziehen zu wollen.

# VII

»Was möchten Sie wissen?«

Die junge Frau lächelte mir zu. Sie trug einen weißen Laborkittel. Zwischen Daumen und Zeigefinger hielt sie einen langen Bleistift, den sie hin- und hertanzen ließ, und so wirkte er, als sei er weich wie ein Marshmallow.

Ich versuchte, Ordnung in meinen wirren Kopf zu bringen, erzählte ihr von meinen Fragen und den enttäuschenden konventionellen Antworten, die ich bisher von ihren Kollegen erhalten hatte, welche das Problem vielleicht zu rational angingen.

»Was mich interessiert«, erklärte ich ihr, »sind nicht die körperlichen Ursachen, die das Auftreten und Fortschreiten einer schweren Krankheit begünstigen, sondern die Umstände, unter denen sie auftritt und vielleicht auch programmiert wird. Meine Fragen sind also weniger medizinisch als philosophisch« – ich versuchte, ironisch zu lächeln, als ich dieses Wort benutzte, damit es nicht zu ernst und schwerwiegend wirkte.

»Ich fand es schon immer seltsam, den Körper als etwas zu betrachten, das von dem, der ihn bewohnt, unabhängig ist, und dass die Schulmedizin sich in der Regel für den menschlichen Körper interessiert wie für eine Maschine und sich auf andere Wissenschaften stützt, die mit gewissem Argwohn betrachtet werden, wenn es darum geht, die Schwierigkeiten und Wirrnisse des Geistes zu begreifen, oder den Einfluss der Umwelt, in der ein Mensch aufwächst, lebt und sich entwickelt. Die Somatisierung ist ein Instrument, das die Dinge vereinfacht und praktisch ist, doch es wirft kein klares Licht auf die Mechanismen, deren Existenz ich annehme und die mir wesentlich komplexer erscheinen. Wenn ich aber das, was mich beschäftigt, anders ausdrücken sollte, würde ich sagen, dass ich versuche, über den Anteil nachzudenken, den der Tod an unserem Leben hat, wie wir ihn in unsere Tage integrieren, in unser Tun als Lebende, in unsere Liebe, unsere Arbeit, und wie wir für oder gegen ihn arbeiten.«

Ich machte eine kurze Pause, bevor ich meinen Gedanken weiterführte.

»Ich frage mich, ob eine Krankheit, wenn sie uns trifft, als Tür betrachtet werden kann, die wir ihr öffnen, mit Absicht oder unbeabsichtigt. Mit anderen Worten – ist es vorstellbar, dass wir krank werden, wenn wir bereit sind, dem Tod einen größeren Platz einzuräumen, ihn in gewisser Weise einladen, uns zu erobern, sich in uns einzurichten, während wir vorher alles getan haben, um ihn jenseits eines Radius aufzuhalten, der uns das einzig mögliche Gebiet unserer Existenz zu sein schien? Natürlich bin ich kein Wissenschaftler wie Sie. Ich denke als Filmschaffender über diese Dinge nach. Ich rechne nicht mit einer Wahrheit. Was mich letztlich interessieren würde, wäre, eines Tages meine Fragen und vielleicht ein paar Antwort in Bilder umzusetzen.«

Die junge Frau wartete eine Weile. Sie sah mich an und spielte immer noch mit ihrem Bleistift. Ich mochte den Orangengeruch, der bei jedem Atemzug über ihre Lippen kam. Ich brachte ihn mit einem Moment in Verbindung, den man glücklich nennen könnte. Das war in jenem Spätsommer an der Amalfi-Küste, in dem sich für mich gar nichts Besonderes ereignete, ich aber das Gefühl hatte, in meinem Leben ein Gleichgewicht gefunden zu haben. Dieser Moment dauerte nur ein paar Wochen, und manchmal fragte ich mich, ob es nicht der Höhepunkt meines Lebens gewesen war – hinsichtlich des Gleichgewichts der Empfindungen, der Wünsche, der Ärgernisse, des Verzichts, der Träume und ihrer Verwirklichung.

»Haben Sie sich schon einmal gefragt, *wer* Ihr Körper für Sie ist?«

Erst jetzt fiel mir auf, dass sie mit einem leichten Akzent sprach, mit etwas weicherem R, einem abgeschliffenem E, was auf eine Herkunft aus einem Land des Mittleren Ostens oder Mitteleuropas hindeutete.

»Wenn Sie von Ihrem Körper wie von einer Person reden müssten, was würden Sie sagen? Wie würden Sie ihn jemandem vorstellen? Sie müssen jetzt nicht gleich auf meine Frage antworten, aber denken Sie darüber nach. Ich weiß nicht, in welchem Stadium der Beziehung zu Ihrem Körper Sie sich gerade befinden, aber dass Sie in dieser Weise über den Tod sprechen, bringt mich auf den Gedanken, dass Sie angefangen haben, ihn herauszufordern. Sie treten in die Phase ein, die ich *den unfreundlichen Körper* nenne.«

Sie lächelte.

»Jahrelang haben Sie mit ihm und in ihm gelebt, in vollkommener Osmose, in einem Gleichgewicht, das Sie zufriedenstellte: Sie haben ihn so gut Sie konnten unterhalten, und dafür gab er Ihnen, was Sie von ihm erwarteten, und zwar dann, wenn Sie damit rechneten, körperliche Leistungen, Liebe, Vergnügen beim Essen, Empfindungen. Leichtere Krankheiten, die ihn von Zeit zu Zeit befielen, haben Ihr Vertrauen in ihn nicht in Frage gestellt. Sie wirkten vielmehr wie eine Umkehrfunktion, durch die Sie die guten Momente, in denen Ihr Körper Ihr Verbündeter war, noch mehr zu schätzen wussten. Dann hat die Zeit Ihren Partner allmählich ausgehöhlt. Sie haben seine Gegenwart immer mehr gespürt, und damit meine ich, seinen Zustand, seine Verbrauchtheit, sein Nachlassen, dass er nicht mehr an Ihrer Seite ist. Dabei entstand ein bitteres Gefühl der Uneinigkeit wie bei einer Liebesbeziehung, die nach einer Zeit der Euphorie ihre Strahlkraft verliert. Man vergisst die guten Eigenschaften des anderen und sieht nur noch das, was einen stört. Dies kann bis zu Formen der Grausamkeit führen. Der unzufriedene Partner greift den anderen an, drangsaliert ihn, fügt ihm Leid zu, misshandelt ihn sogar. Wie viel hat diese Haltung mit demjenigen zu tun, der das Gefühl hat, von seinem Körper verraten zu werden, und ihm etwas zumutet, was das schlechte Bild und den krankheitsfördernden Umgang mit ihm noch verstärkt?«

Ich hörte der jungen Frau betroffen zu. Ihre Worte stießen bei mir auf tiefen Widerhall. Mir schien, als drücke sie auf klare Weise wesentliche und einleuchtende Dinge aus, die ich vorher so noch nie gehört und über die ich nichts gelesen hatte. Fast zwei Stunden blieb ich in dem winzigen Büro mit dem Geruch nach Büchern und Orangen und ließ mir von ihren Forschungen berichten, die sie in den Augen der orthodoxen Universitätslehre verdächtig machten, denn nachdem sie Medizin studiert und in der Psychiatrie gearbeitet hatte, hatte sie sich der Verhaltensforschung und der Psychopathologie zugewandt. Ihre Arbeit schöpfte aus dem Zusammenfluss dieser verschiedenen Wissensbereiche.

»Die ersten Jahre verbringen wir mit der Entdeckung eines Körpers, der uns auferlegt worden ist, den wir zu beherrschen lernen und dessen Entwicklung uns abwechselnd fasziniert und erschreckt. Das Kind stellt sich auf die Beine, ergreift Gegenstände, vollführt immer feinere Bewegungen. Der Körper ist in gewisser Weise ein grobes Werkzeug, das sich von Monat zu Monat verändert und dessen Möglichkeiten das Kind erkundet. Sehr bald wird er zu einem *Körperkameraden,* der Maß und richtiges Handeln im Rahmen von meist spielerischen Aktivitäten lernt. Ich rede nicht vom Aussehen des Körpers, vom ästhetischen Aspekt, der je nach Individuum verschieden ist und sich etwas später, während der Pubertät, in der Beziehung, die das denkende Subjekt mit seiner Hülle knüpft, als Bremse oder auch im Gegenteil als Motor erweisen kann. Wie auch immer, wenn die Zeit des Wachstums vorüber ist, wird der Körper vergessen: Er ist da, er funktioniert perfekt, gehorcht dem, der in ihm wohnt, und widersetzt sich ihm nie. Ich übergehe die ernsten Verletzungen, die ihm zustoßen können, mit denen beschäftige ich mich nicht. Was ich beschreibe, betrifft keine Körper, die eindeutig als

Hindernis begriffen werden. Durch Fettsucht, Anorexie, Behinderungen, frühe Krebserkrankungen wird der Körper automatisch zum Feind und nimmt um Jahrzehnte die Beziehung voraus, die jeder irgendwann mit ihm eingeht.

Glücklicherweise sind diese Fälle in der Bevölkerung selten, und ich beschäftige mich mit der Norm. Sagen wir, ein Mensch, der erwachsen ist, lebt etwa zwanzig Jahre lang in und mit einem *freundlichen* Körper. Ich habe diese Beziehung ja vorhin schon beschrieben. Der Mensch vergisst seinen Körper, weil er ihn niemals stört. Im Gegenteil, er bietet ihm sogar eine ganze Menge Möglichkeiten und ihre perfekte Beherrschung, die sich durch Erfahrung und Kenntnis seiner selbst entwickelt. Er ist ein treuer Verbündeter, und das Gleichgewicht der Beziehung vermittelt die Illusion, dass dieser Zustand ewig dauert.

Doch die Zeit lauert im Verborgenen, sei es in der blass werdenden Pfirsichblüte, sei es in der Haut, die faltig wird, in der Bewegung, die steifer wird, in dem weiß werdenden Haar. Doch die Verwandlung der Pfirsichblüte, aus der nach ein paar Monaten eine Frucht entsteht, gilt für unseren Körper nicht, und so gibt es für uns keine Versprechen. Wenn ein bestimmtes Alter erreicht ist, führt jede Veränderung zu einem Nachlassen von Leistungen und einer Verschlechterung, die sich durch nichts aufhalten lässt.

Deshalb werden die ersten Anzeichen, die plötzlich darauf hinweisen, dass unser Körper in diesen Prozess eingetreten ist, von vielen als Verrat empfunden. Man kann den Körper noch so gut gepflegt haben, ihm die besten Bedingungen geboten haben, durch ausgewählte Ernährung, Sport oder eine gesunde Lebensweise. Seine Dankbarkeit ist begrenzt, denn, ganz gleich, was man getan hat, von jetzt an handelt er gegen die Person, nimmt keine Rücksicht auf ihren Wunsch und Willen. Seine Undankbarkeit macht uns zu schaffen.

*Feindseligkeit des Körpers, Unfreundlichkeit, Leiden, Gegnerschaft* und schließlich *Verlorensein*: Eine Etappe folgt auf die nächste, unerbittlich, bis zum Tod. Sie sind alle ein Zeichen dafür, dass der Körper, der hinfällig werdende Körper, die Oberhand über den Geist gewinnt. Man kann sich immer zur Beruhigung sagen, dass ein Greis der Weiseste in einer Gesellschaft ist, doch das verhindert nicht, dass seine angebliche Weisheit sich an den Grenzen eines schlecht funktionierenden Körpers stößt, ihm mehr Pein als Freude bereitet, mehr Bitterkeit als Vergnügen. Der Mensch hat nur für eine Zeitspanne von zwanzig, heute vielleicht dreißig Jahren seinen Frieden. Vorher und vor allem danach kämpft er.

Natürlich gibt es heute trügerische Arrangements, die versuchen, andere und uns selbst zu täuschen.

Chirurgie und Kosmetik arbeiten an der Wiederherstellung einer glücklichen Symbiose von Körper und Mensch, obwohl Ersterer bereits in die Phase der Feindseligkeit, der Gegnerschaft und des Leids eingetreten ist, von der ich gesprochen habe. Es geht darum, den Geist durch äußere Betrügerei in Illusionen zu wiegen. Doch deren Möglichkeiten sind zwangsläufig begrenzt, denn sie wirken nicht auf die innere Wahrnehmung des Körpers, der stets der unerbittlichen Zeit der biologischen Uhr folgt. Heute versucht man um jeden Preis, in Schönheit zu sterben. Doch dies ändert nichts daran, dass wir es leidend und mit Bitterkeit tun. Werden wir dadurch zu weniger unglücklichen Wesen? Ich bin mir nicht sicher. Vermutlich passiert genau das Gegenteil. Wenn wir in die Phasen der natürlichen Beziehung, die wir zu unserem Körper haben sollten, eingreifen, vermehren wir unseren Groll ihm gegenüber ebenso wie unser Leid.«

Sie hörte auf, mit ihrem Bleistift zu spielen, nahm ihn zwischen die Zähne, zwirbelte mit einer nachlässigen Bewegung ihr langes Haar nach oben und steckte es mit dem Bleistift fest, so dass sie plötzlich aussah wie die Göttin einer Urreligion. Als ich diese plötzliche Geste sah, fiel es mir wie Schuppen von den Augen: Genau so steckte meine Nachbarin aus der sechsten Etage ihre Haare hoch, wenn sie sich aufs Bett legte. Auf genau diese unbefangene, rasche Art, bei der man hinter erwachsenen Manieren noch das Kind erkennt, seine Unschuld, seine Gleichgültigkeit gegenüber dem, was andere von ihm denken könnten.

# VIII

»Und du hast ihr nichts gesagt?«

Florence hatte sich mir genähert und ihren Kopf auf meine Schulter gelegt. Ich rauchte eine von Eugènes Zigaretten. Wir fühlten uns wohl. Die Sonne fiel durchs Fenster und schien uns auf den Bauch. Wir waren nackt. Die zerknüllten Betttücher hingen am Fußende herunter wie ein erstarrter Wasserfall. Wir hatten miteinander geschlafen, als das Paar von früher, das wir eigentlich nicht mehr waren, und es war wie immer angenehm gewesen.

Ich antwortete Florence nicht sofort. Ich hatte ihr von meiner Begegnung mit der Ärztin erzählt, die Elena hieß, was sie mir über ihre Forschungen berichtet hatte, und wie ich, als sie ihr Haar hochsteckte, plötzlich in der jungen Frau im weißen Kittel meine Nachbarin erkannt hatte.

»Ich glaube, ich habe ein Problem mit der richtigen Distanz«, sagte ich schließlich. »Weißt du, ich hatte fast das Gefühl, auf die Probe gestellt zu werden. Seit Monaten hat jemand, nennen wir ihn den

*Spielmeister*, vor meine Augen in einiger Entfernung einen weiblichen Körper installiert, einfach einen Körper ohne wirkliche Persönlichkeit, den ich nur durch die Bewegungen kenne, die er ausführt, den Umriss seiner Gestalt, das ungefähre Maß, das ich von ihm nehmen kann. Mir ist nicht erlaubt, mich ihm zu nähern, und doch wird mir seine Nacktheit vor Augen geführt. Ich darf ihn betrachten, doch zwischen mir und ihm liegt eine Leere, die ich als *sanitär* bezeichnen könnte, wie es beim Bau heißt, wenn man ein zu schützendes Gebäude gegen einen feuchten Boden abdichtet.

Und plötzlich werden durch eine Laune dessen, der die Fäden hält, die Spielregeln verändert, und man sperrt mich zusammen mit diesem Körper an einem lächerlich kleinen Ort ein, wo ich mich unversehens wiederfinde, dicht an dicht mit dieser junge Frau, die ich aber wegen der großen Nähe nicht erkennen kann, sie ist zu nah. Ich nehme Elemente größter Intimität wahr, den Orangenduft ihres Atems, den Wäschegeruch ihres Kittels, vielleicht ein Deodorant und auch den von leichtem angenehmem Schweiß. Doch ich kann die Dinge unmöglich klarstellen. Wieder fehlt mir die richtige Distanz. Diesmal bin ich viel zu nah. Nie ist es der richtige Abstand. Mein Erlebnis ist fast eine Parabel für die ideale Distanz, die wir benötigen, um Menschen erkennen und in ihrer Gesellschaft leben zu können: nicht zu nah, nicht zu fern. Und diese Distanz muss man finden.«

»Du meinst – zu ihr?«

»Ja, zu ihr. Zu allen. Auch zu uns selbst. Ich glaube, das beschäftigt mich. Ich hatte immer schon diese Neigung, zu sehr auf mich zu hören. Vielleicht muss ich mir selbst gegenüber auch auf Distanz gehen.«

Florence und ich hatten unsere Scheidung erlebt wie unsere Hochzeit. Alles ging sanft vonstatten, ohne Geschrei, ohne Extreme. In großem Einvernehmen. Der Richter war erstaunt, dass wir während des Scheidungsverfahrens so freundschaftlich miteinander umgingen und uns so nah waren. Die Anwälte schienen enttäuscht, dass es ihnen nicht gelang, uns gegeneinander aufzuhetzen. Kein Tropfen Blut. Kein böses Wort. Kein verleumderischer Brief.

Was uns als Paar zerstörte, hatte auch mit Distanz zu tun. Ich war ständig fort. Ich war immer nur zeitweise, zwischendurch, unvorhergesehen da. Florence wünschte sich einen Ehemann. Sie bekam so etwas wie einen Luftzug. Angenehm, sagte sie. Manchmal erfrischend. Immer unzureichend. Die Zeiten, in denen ich an Drehbüchern schrieb und allein sein musste, die Vorbereitungen, bei denen ich mit einer Assistentin arbeitete, die Suche nach Drehorten mit einem Teil meiner Mitarbeiter, das Drehen, Schneiden, die Nachproduktion. Das Leben eines Filmemachers eben. Ein Leben weit weg von ihr.

»Im Grunde bist du mit Eugène verheiratet und nicht mit mir«, sagte sie oft.

Florence hatte nicht unrecht. Ich verbrachte mehr Zeit mit Eugène als mit ihr. Wir waren das eigentliche Paar. Auf Leben und Tod.

Dann kam das Kind.

»Agathe wäre gestern zweiundzwanzig geworden. Hast du daran gedacht?«

Die Sonne schien uns nicht mehr auf den Bauch. Sie schien auf Florences rechten Unterarm. Draußen war vibrierender Sommer. Man spürte die Stadt und ihre gedämpften Geräusche.

»Hast du gehört, was ich gerade gesagt habe?«

Natürlich hatte ich es gehört.

Florence und ich wären beinahe einmal Eltern geworden. Wir hätten beinahe ein Kind gehabt. Ein totgeborenes Kind. *Totgeboren* ist eines der grausamsten Worte unserer Sprache. Definitiv. Und auch hier geht es um Distanz. Eine winzige Distanz, so klein, dass sie Abwesenheit bedeutet, da die beiden Extreme Geburt und Tod sich miteinander vermischen. Tot geboren werden. Das schrecklichste Oxymoron. Wir gaben dem Kind einen Namen, weil es gesetzlich verboten ist, einen Namenlosen zu beerdigen. Agathe. Ein freundlicher Name. Scheinbar. Ein Name aus einer anderen Zeit. Einem verlorenen Jahrhundert. Ein nicht erschienenes Kind. Ein Name, der zu keinem lebendigen Kind gesagt wurde, sondern über den zarten, winzigen, faltigen, bleichen Körper gebreitet wurde wie ein Leichentuch.

Wenn man mich fragte, ob ich Kinder habe, würde ich nein sagen und damit wohl auch die Wahrheit. Würde man mich fragen, ob ich Kinder hatte, würde ich auch wieder nein sagen. Und auch damit würde ich die Wahrheit sagen. Hätte man diese Frage Florence gestellt, hätte sie gesagt, ja, sie habe eine Tochter gehabt, Agathe, doch sie sei gestorben. Jetzt wäre sie zweiundzwanzig. Sie wäre eine junge Frau. Florence würde damit auch die Wahrheit sagen, denn im Gegensatz zu mir hat Florence Agathe in sich weiterleben lassen.

Wie der Baum aus dem Land der Toraja hat sie im Laufe der Jahre ihr Kind tief in sich wachsen lassen. Ihr Frauenkörper hat sich mit der Gegenwart des kleinen Körpers gefüllt, den sie nie wirklich beerdigt, sondern für immer in sich aufbewahrt hat, in ihrem inneren Haus und in ihrem Leben. Sie hat ihn je nach Alter geformt, hat sie zu einem lachenden kleinen Mädchen und zu einer ewigen idealen jungen Frau werden lassen, und dieses Wesen hat so viel Raum eingenommen, dass Florence nie mehr, weder mit mir noch mit Luc, ihrem neuen Mann, versucht hat, ein anderes Kind zu bekommen. Weniger aus Angst, davon bin ich überzeugt, noch einmal zu erleben, wie ein totes Kind aus ihrem Leib gezogen wird, als aus Angst, dass dieses Kind, das das Leben nicht hatte leben lassen wollen, für immer verschwinden könnte.

Ich umarmte Florence und ging duschen. Wir treffen uns immer im selben Hotel in einer ruhigen Straße in der Nähe der Sorbonne. Das Personal kennt uns. Wir sind das Paar von Zimmer 107. Beinahe hätte ich einen Film mit diesem Titel gemacht *Das Paar von Zimmer 107*. Ich hatte Eugène sogar gebeten, den Titel schützen zu lassen. Er hat es getan. Eugène tat alles, worum ich ihn bat. Er nahm einem nie etwas übel. Das ist die wichtigste Eigenschaft eines Produzenten: sich dem Verrückten anzupassen, mit dem er sich entschlossen hat zu arbeiten. Ich nahm damals Verbindung zu zwei oder drei Schauspielerinnen auf. Ich führte ein langes Gespräch mit Isabelle Adjani in einem kleinen Salon de Thé am Boulevard Raspail, und sie sagte nur einen Satz: »Das ist ja seltsam …«, und sie wiederholte ihn während des Treffens immer wieder: »Das ist ja seltsam …« Ich trank ein paar Biere mit Alain Bashung, dem ich die Rolle des Mannes anvertrauen wollte. Wir sprachen beide über den schönen Film von Mankiewicz, *Ein Gespenst auf Freiersfüßen*. Wir redeten stundenlang darüber. Die Barkellner mussten uns am Ende zum Ausgang drängen. Bashung starb wenig später. Ich schrieb ein Exposé und machte Skizzen. Dann gab ich das Projekt auf. Es war im Grunde nur ein schöner Titel. *Das Paar von Zimmer 107* war kein Paar. Es war kein Film. Es war keine Geschichte, die Leben und Dauer versprach. Manchmal verlangt die Fiktion mehr von uns als das Leben.

Ich wusste, dass ich mir das Gesicht noch so sehr mit Seife waschen konnte, ich würde bis zum Abend den Geruch von Florences Geschlecht auf meiner Haut und meinen Lippen wahrnehmen. Ich liebte es. Von allen Körpergerüchen ist der des weiblichen Geschlechts einer der prägnantesten. Er drückt dem, der es lange geküsst hat, eine Marke auf wie ein Siegel, das einen Besitz kennzeichnet. Wir dachten, wir hätten es besessen, doch es besetzt uns und treibt uns um. Phantom von Gerüchen, Phantom von Körpern, Phantom von Stimmen. Um uns herum weht ein Strauß von Abwesenheiten und Gegenwarten, die sich vermischen.

An diesem Abend habe ich Eugène abgeholt. Ich ließ das Taxi vor dem Krankenhaus warten. Seit einem Monat war Eugènes Krebs aus den Ferien zurückgekehrt. Er hatte seine Koffer irgendwo auf den Halswirbeln meines Freundes abgestellt. Die Lunge interessierte ihn offenbar nicht mehr. Jetzt griff er die

Knochen an. Ich stellte ihn mir vor wie eines jener holzfressenden Insekten, die ausdauernd und verdrossen sind, die an den Balken von Häusern nagen und hoffen, sie zum Einsturz zu bringen.

Eugène erzählte mir die Neuigkeit, als rede er davon, dass er sein Zimmer neu streichen lassen wollte. Ich hatte gar nicht die Zeit zu überlegen, was für ein Gesicht ich machen sollte.

»Nun mach nicht so ein Gesicht! So schnell wirst du mich nicht los. Das alles ist völlig normal. Sie hatten mich schon vorgewarnt.«

Ich traute mich nicht zu fragen, wovor *sie* ihn noch gewarnt hatten, und was er mir nicht erzählte. Was wäre die nächste Etappe der touristischen Rundreise seines Krebses? Die Leber, die Nieren, die vorderen Fußknochen, das Kleinhirn? Die Lust am Nomadentum zeichnete diese Krankheit vor vielen anderen aus, die weniger launisch und genauso gefährlich waren, die sich an einem Organ festsetzten und es systematisch bis zum Schluss zerstörten.

Während Eugène auf mich wartete, scherzte er mit einer Schwester in einem Zimmer neben dem Raum, in dem die Chemotherapien verabreicht wurden. Er sah noch gut aus. Nur eine leichte Müdigkeit lag über seinen ein wenig angespannten Gesichtszügen. Als er mich sah, grinste er.

»Da ist er ja, mein Künstler.«

Die Schwester sah mich an. So sieht also ein Künstler aus, muss sie gedacht haben. Ein Kerl von etwa fünfzig, eher groß, leicht gebeugt, viele Haare hat er nicht mehr auf dem Kopf, sieht zugleich verloren und jugendlich aus, scheint krank zu sein, ist es aber nicht, super gut angezogen, schlecht rasiert, leicht erregbar. Man sagt mir oft, dass ich Jean-Pierre Bacri ähnlich sehe, was mir nicht missfällt, denn ich mag diesen Schauspieler sehr, auch wenn ich nie darauf gekommen bin, ihn für einen meiner Filme einzusetzen. Vermutlich aus Angst, dass er mir dann zu nahe ist.

Eugène legte Wert darauf, uns einander vorzustellen. Ich sollte die Krankenschwester unbedingt kennenlernen. Sie war achtunddreißig und kam aus dem Limousin. Sie war mit Simon verheiratet, der ebenfalls aus dem Limousin stammte. Simon war für die EDV einer Zweigstelle des Crédit Agricole verantwortlich. Sie hatten zwei Kinder von fünf und acht Jahren, Jules und Sarah. Sie wohnten in einem Einfamilienhaus in Gretz-Tournan, dessen Kredit über fünfundzwanzig Jahre lief. Anne-Marie arbeitete gern im Garten und liebte das Kochen. Ihre Spezialität war Lamm-Tajine. Simon spielte Tennis. Er war einer der Besten in seinem Club. Jedes Jahr fuhren sie in Ferien auf die Île d'Oléron und im Winter eine Woche zum Skifahren nach Samoëns in den Savoyer Alpen. Simon und die Kinder waren begeisterte Skifahrer,

Anne-Marie jedoch nicht, denn sie hatte Angst zu stürzen. Sie las oben auf den Berghütten Romane und Zeitschriften.

Ich hörte Eugène bei all diesen Geschichten über die Krankenschwester zu, ohne zu verstehen, was er damit bezweckte. Die Schwester ließ ihn reden, lächelte weiterhin und ließ sich vorstellen wie auf einer Agrarausstellung. Sie war etwas füllig, blond und rosig. Sie schien unverschämt gesund zu sein, und in dem Moment, in dem ich dies dachte, wurde mir meine Dummheit bewusst. Wie sähe es in den Krankenhäusern aus, wenn das Pflegepersonal, um Patienten und Besuchern nicht zu missfallen, noch kränker aussähe als die Kranken?

»Was hast du mit der Krankenschwester am Hut?«

Das Taxi fuhr über die Quais der Seine, die im Abendlicht aussahen wie alte Rosensorten. Ein paar junge Burschen liefen mit nacktem Oberkörper am Fluss entlang. Ein paar junge Frauen trugen nur BHs. Der Sommer legte sich um Paris wie ein Schal um eine Brust. Eugène fröstelte trotz seines Sakkos und seines Übergangsmantels.

»Ich interessiere mich eben für andere.«

Eugène sagte es mit einer Melancholie, die ich an ihm nicht kannte. Es klang, als bedauere er, dieses plötzliche Interesse für seine Mitmenschen nicht früher entwickelt zu haben. Mein Freund war keineswegs ein Egoist. Er war ein Mann seines Jahrhunderts, nicht mehr und nicht weniger. Seit langem haben wir aufgehört, an die Hypothese kollektiven Glücks zu glauben. Unser persönliches Projekt ist schon schwierig genug. Wir bringen unser Leben damit zu, uns mit uns selbst zu beschäftigen. Ein sehr großes Projekt.

Ich hatte die Fenster meiner Wohnung weit geöffnet. Es war halb acht Uhr abends. Elena – inzwischen hatte sie einen Vornamen – war noch nicht nach Hause gekommen. Ihr leeres Schlafzimmer erinnerte an eine Theaterbühne am Tag. Ich goss mir ein Glas Sancerre ein und dachte wieder an Anne-Marie, die Krankenschwester. Was war eigentlich ihr richtiger Beruf? Patienten zu empfangen, zu pflegen, das Protokoll der Chemotherapie zu erstellen, zu überprüfen, ob auch alles richtig funktioniert hatte, die Reaktionen des Kranken zu beobachten, ihn zu beruhigen und zu trösten. Das alles war aber nur Fassade. In Wirklichkeit war sie eine Wächterin. Sie stand an der Tür, an der Schwelle des Totenreichs, und beobachtete die Frauen und Männer, die bald zu ihr kommen würden. Sie wusste Bescheid. Sie konnte sie erkennen. Ich bin sicher, sie konnte den, der sich der Tür immer mehr näherte, von dem anderen unterscheiden, der sich im Gegensatz dazu von Sitzung zu

Sitzung immer weiter entfernte. In ihren lächelnden Augen waren die Gesichter derer, die sie nach und nach hatte verschwinden sehen. Ihr Körper bewahrte die Erinnerung an die leidenden Körper, die sie berührt, hochgehoben, mit Spritzen versehen, massiert, umarmt, gewaschen und verbunden hatte.

Der Sancerre ließ mich an blühende Wiesen denken, Ranunkeln, Krokusse, Asphodelen, an ewigen Frühling. Ich trank mit geschlossenen Augen eine Jahreszeit der Frische und der steigenden Säfte. Ich sagte mir, die Welt sei ein sehr gleichgültiges Land, das uns gehen lässt, ohne uns zurückzuhalten. Mit dem zweiten Glas kamen Florences Körper und ihr langsames Lächeln zurück, nach der Lust immer dasselbe Lächeln, das einer sich räkelnden Katze. Mit dem dritten Glas ging meine Reue verloren. Das vierte ließ mich meine Traurigkeit spüren.

Um acht Uhr öffnete Elena ihre Wohnungstür. Das Schauspiel konnte beginnen.

# IX

Dass ich Filme machen wollte, verdanke ich Sergio Leone. Ich war zehn Jahre alt. Jeden Sonntag sah ich mir im *Georges*, in einem der beiden Kinosäle in der kleinen Stadt meiner Kindheit, einen Film an. Meistens waren es französische Komödien, plump und wunderbar, mit einem Drehbuch so einfach wie ein Löschblatt und genauso durchlässig, und ich war begeistert. Polizisten, Diebe, sympathische Räuber, kleine Ganoven. Die Programmgestaltung entsprach den großen Erfolgen der Zeit. Louis de Funès, Bourvil, die Charlots – ich genoss unglaubliche Schinken, für einen einfachen Rekruten wie mich gemacht, mit Schauspielern wie Pierre Tornade, Jacques François, Grosso und Modo und Michel Galabru in Militäruniformen in allerlei lächerlichen Szenen.

Wir gingen ins Kino, wie man spazieren geht, ohne sich weiter um die Landschaft zu kümmern, aber um sich die Beine zu vertreten. Im Kinosaal zu sitzen, im Dunklen, um sich herum andere Körper zu spüren und plötzlich auf der Leinwand Lebensfragmente zu sehen, sie miteinander zu kombinieren, im selben Moment wie die anderen dasselbe zu empfinden und dann wieder hinauszugehen aus der künstlichen Nacht, nachdem das Wort »Ende« im Abspann aufgetaucht ist, in den hellen Tag zurückzukehren, der jedem seinen Platz zuweist, seine beschränkte Dimension, die Leute, die sich wieder zerstreuen und die wenige Augenblicke vorher noch gemeinsam lachten, litten, zitterten: Das Kino ist die Erfahrung glücklicher Dunkelheit. Glücklich deshalb, weil man aus ihr zurückkehrt.

Lange Zeit sah ich Filme wie eine Art Buch mit lebenden Bildern. Der Autor war anonym. Ich glaube, ich dachte nicht einmal daran, dass ein Mensch hinter all dem stand. Ich fragte mich nicht, wie sie entstanden waren. Mir kam nicht in den Sinn, dass sie Ergebnis einer Arbeit waren. Und dann kam plötzlich Leone. Der erste Mann des Kinos, dessen Namen ich erfuhr, dessen Namen ich mir merkte. Leone. Sergio Leone.

Ich erinnere mich an die Augen des Helden, riesengroß auf der Leinwand des *Cinéma Georges*. Maßlos große Augen, die die ganze Leinwand einnahmen. Diese Augen sahen uns eindringlich an. Die Einstellung hielt an. Diese Augen entschieden über alles. Zum ersten Mal verstand ich, dass jemand bewusst von dem Körper eines Schauspielers nur den Blick ausgesucht hatte, um den Zuschauer mit diesen riesigen Augen zu konfrontieren. Ebenso wie er später in demselben Film den Körper des Helden verkleinerte, ihm die Dimension einer Ameise gab, ihn und seinem Pferd, die sich dann in der Landschaft verloren, eine kleine Parzelle Leben, die sich durch die rote Steinwüste bewegte.

Seit jenem Tag sah ich mir Filme anders an und rückwirkend auch die Welt. Ich wollte herausfinden, wie der Spielfilm, den man mir vorführte, gemacht worden war. Mit anderen Worten, ich versuchte, in die Küche zu gelangen, um zu verstehen, wie der Koch die Zutaten ausgewählt, wie er alles zubereitet und die Saucen gebunden hatte. Ich ließ mich von der Welt weder auffressen noch verschaukeln, sondern versuchte, Details zu isolieren, bestimmte Elemente zu umkreisen, sie in einen Rahmen zu stellen, als wäre mein Auge jetzt eine Kamera. Schließlich hatte ich die Illusion, dass sich aus all dem ein Sinn ergab, dass mein Leben zu dem Film würde, den ich aus ihm zu machen beschlösse.

Ich wartete Jahre, bis ich eine eigene Kamera hatte – eine Super-8-Kodak, die der Vater eines Freundes mir für wenig Geld überließ –, aber Filme machte ich schon sehr früh. Im Grunde bin ich davon überzeugt, dass das Kino ohne Kamera, Filme und Vorführräume auskommt. Filme machen bedeutet, die Elemente, die uns umgeben, neu zu ordnen, eine Geschichte auszuwählen, in der man sich einrichtet. Es bedeutet, die Dinge für eine gewisse Zeit von Hand zu steuern.

Ich weiß nicht, warum ich an all dies zurückdenke, während ich an Eugènes Grab stehe. Vielleicht, weil heute ein Wetter ist, bei dem man sich ernste Fragen stellt. Ich komme oft auf diesen Friedhof. Allein weil es hier angenehm ist, mit schönen Gräbern und großen Bäumen, die Schatten darauf werfen, herrenlosen Katzen, die mit ihrer hochmütigen Gestalt über den Kies spazieren, und sehr wenigen Besuchern. Ich komme natürlich auch wegen Eugène her. Seit fast zwei Jahren liegt er jetzt schon unter der Zementplatte, auf der immer noch kein Denkmal steht. Nach ein paar Monaten hatte mich dies beunruhigt. Inzwischen habe ich mich damit abgefunden. Es ist ein wenig so, als sei sein Grab nur ein Provisorium. Als hätte man ihm Gelegenheit gegeben, es eine Zeitlang auszuprobieren und es zurückzugeben, wenn es ihm nicht gefällt. Zufrieden oder Geld zurück. Eugène scheint sich mit dieser Betonplatte zu begnügen, die in der Mitte aufgesprungen ist und am oberen rechten Rand bröckelt. Jedenfalls hat er sich bisher noch nicht beklagt.

Ich setze mich auf das Grab seines Nachbarn Georges Loerty (1876–1928). Unter seinem Geburts- und Sterbedatum steht, dass er ein Dichter war. Ich habe versucht, eines seiner Bücher zu finden, wollte Eugène ein paar Gedichte vorlesen, damit er ihn kennenlernt, habe aber kein einziges gefunden, weder bei den Bouquinisten noch im Internet. Keine Informationen über Georges Loerty. Es ist, als hätte es ihn nie gegeben. Man hört auf zu leben, doch im Grunde hört man auch auf zu sterben, viele Male.

Ich nehme nie Blumen zu Eugènes Grab mit. Mein Freund mochte so etwas nicht. Das Mitbringsel, das am besten zu ihm passen würde, wäre eine Flasche Bordeaux, aber ich müsste sie allein trinken, und an so einem Ort würde das nicht gerade seriös wirken. Außerdem sagt eine Tafel am Eingang des Friedhofs, dass Trinken und Essen verboten sind. *Aus Respekt.* Ich sehe nicht so ganz, was das alles mit Respekt zu tun hat. Respekt für wen? Die Toten? Die Lebenden? Das Essen? Das Getränk?

Ich spreche oft mit Eugène, laut oder im Stillen. Ich erzähle ihm, wie weit ich bin, nur so kann ich versuchen, es selbst zu verstehen. Ich sage ihm, welche wichtigen Ereignisse auf der Welt er verpasst hat. Filme, die er gern gesehen hätte – zum Beispiel nehme ich es ihm sehr übel, dass er gestorben ist, bevor er *La Grande Bellezza* von Paolo Sorrentino sehen konnte –, Bücher, die er mir sicher geschenkt hätte – »Das müsste dir gefallen«. Ich rede über die Dummheit und wie sie sich ausbreitet, über Florence und über Elena, bei der ich inzwischen hin und wieder die Nacht verbringe. Morgens verstecke ich mich unter den Laken, denn es ist mir peinlich, dreiundzwanzig Jahre älter zu sein als sie und einen Körper zu haben, der faltig wird. Ich rede mit Eugène auch über mein Filmprojekt *Die innere Fabrik,* das ich ihm ein paar Monate vor seinem Tod noch in Grundzügen geschildert hatte.

Eigentlich unterscheiden sich diese einseitigen Gespräche nicht sehr von denen, die wir führten, als er noch lebte. Ich habe ja schon gesagt, dass einer redete und der andere zuhörte. Beim nächsten Mal war es umgekehrt. Inzwischen gibt es kein nächstes Mal, das ist alles.

Oft spreche ich über Elenas Körper. Ich habe die Leere des Hofes überschritten. Zwei Wochen nach Eugènes Beerdigung, »Sie sehen unglücklich aus.« Ich war es. Es war ein seltsamer Kuss, auf den Mund und mit der Zunge, doch er hatte etwas Kindliches oder Mütterliches, Tröstliches, Ungeschicktes. Ich hatte selbst daran gedacht, sie zu küssen, doch ich hätte es nie gewagt. Sie schmeckt wirklich nach Orangen und ihr leichter Akzent rührt daher, dass sie als Kind in Kroatien lebte. Ich merke, dass er stärker ist, wenn sie ein bisschen traurig ist oder sehr froh.

Ich weiß nicht, was sie an mir findet. Wenn wir nebeneinander liegen, nackt oder beinahe nackt, oder wenn ich aufwache und sie ansehe, sehe ich unsere beiden Körper wie die zwei Seiten der Welt. Unsere Nähe ist wie kontraindiziert. Ich habe auch gemerkt, dass ich bei der Liebe mehr Traurigkeit als Lust empfinde, auch wenn die Lust da ist, aber die Traurigkeit ist auch da, tief im Innern der Lust, wie der Schatten, der sich im Sonnenstrahl versteckt. Ein Schmerz, der von einer Verschiebung herrührt, die nicht nur eine zeitliche ist. Ich weiß, dass ich Elena nicht verdiene und sie mich nicht verdient. Florence sagte, ich sei nicht gerade ein Geschenk. Sie hatte recht. Ich bin es im Übrigen immer weniger.

Elena sagt, es sei lächerlich von mir, sie zu fragen, was sie an einem alten Mann wie mir findet. Sie sagt, ich solle aufhören, mir Fragen zu stellen, und einfach die Tage genießen. Das sagt eine junge Frau, die gerade dreißig ist. Die ihre Zeit verschwendet und aus dem Fenster wirft. Seine Zeit verlieren. Sie vergeuden. Sie verschwenden. Sie verderben. Lauter großzügige Formulierungen, wenn jemand das riesige Glück hat, sein ganzes Leben noch vor sich zu haben.

Doch in meinem Alter lebt man nicht so Hals über Kopf. Man entwickelt sich zu einem geizigen Buchhalter. Für jede Minute, Stunde, jeden Tag und jeden Monat macht man eine Bestandsaufnahme. Man zählt seine Münzen. Man will von keinem unredlichen Lieferanten übers Ohr gehauen werden. Ich erinnere mich, dass mein Vater sagte, wenn man achtzig sei, fange man an, den Wert der Sekunden zu schätzen, und dies schenke einem neues Glück.

Ich habe Florence meine Beziehung zu Elena nicht verheimlicht. Wir trafen uns weiterhin gelegentlich auf ein Glas, aßen einmal pro Monat zusammen zu Abend, gingen aber vorher nicht mehr ins Hotel. *Das Paar von Zimmer 107* gibt es nicht mehr. Ich glaube, das bereitet ihr Kummer, aber sie sagt nichts. Sie verurteilt meine Beziehung zu dieser jungen Frau nicht. Als ich ihr davon erzählte, war sie nicht überrascht.

»Du warst schon immer auf dramatische Weise vorhersehbar.«

Ich mochte die Art, wie Florence Adverbien benutzt, schon immer sehr.

# X

Ninon hingegen reagierte sehr abweisend, als sie erfuhr, dass ich Elenas *Liebhaber* geworden war. Während ich diesen Satz schreibe, merke ich, wie unpassend ich diese Bezeichnung finde, aber was soll ich sonst sagen: Ich bin nicht Elenas *Ehemann.* Auch nicht ihr *Verlobter.* Ihr *Typ* oder *Lover,* beides wäre grotesk und passt nicht zu meinem Alter. *Freund* bedeutet zu sehr die Tiefe einer Gemeinsamkeit, die wir noch nicht haben. Ja. *Liebhaber,* weil es nichts Besseres gibt. Elena nennt mich *Mon chéri.* Ich finde *Mon chéri* schön.

»So wie diese scheußliche Billigschokolade, gefüllt mit einer Kirsche und voll mit beschissenem Industrielikör?«, warf mir Ninon an den Kopf. »Du bist wirklich grässlich sentimental«, fuhr sie fort.

Vielleicht. Ich habe Ninon schon als Kind auf dem Schoß gehabt. Ninon, Eugènes erstes Kind. Die Tochter von Eugène und Ludivine – was für ein Vorname! Fast wie bei Rohmer –, einer in Pittsburgh geborenen Künstlerin mit französischen Wurzeln, die Warhol in seine Factory aufnahm, als diese ihrem Ende zuging, weil sie aus derselben Stadt stammte wie er und die gleiche Haarfarbe hatte, bei ihr echt, bei ihm künstlich, aber das spielt keine Rolle.

Der junge Eugène hatte einen Dokumentarfilm über die New Yorker Szene zu Beginn der achtziger Jahre produziert. Er verbrachte zwei Monate in der Stadt, begeistert von Manhattans strahlender Vertikalität, und sammelte wie Goldstücke die weggeworfenen Krümel des *Village* auf, das sich schon über sich selbst lustig machte.

Eugène war intelligent genug zu begreifen, dass das, was sein Kameramann drehte, eine Inszenierung von etwas war, das es nicht mehr gab, doch diese Rekonstruktion, die ihnen verkauft wurde wie ein ranziger Hotdog, besaß noch genug neue Frivolitäten und ließ sich in einen Postmodernismus integrieren, der sich durchzusetzen versuchte.

In diesem siebenundvierzig Minuten langen Film begegneten sich Blondie, die Dolls im Alkoholrausch, die an Jahrmarkttunten erinnerten, ein Ramones, ich weiß nicht mehr, welcher, vielleicht Dee oder der große Hagere, dessen Vornamen ich immer vergesse, der dabei erwischt wurde, wie er sich auf der Toilette des CBGB spritzte, Patty Smith mit ihrem Sioux-Häuptling-Gesicht, jede Menge unbekannter Gestalten, schreiend oder apathisch, Lou Reed, der sich weigerte, auf eine Frage zu antworten, und mit der linken Hand gegen die Kamera schlug, Jagger, der alle Zähne zeigte, mit Dauerwelle und weißem Seidenanzug, ein paar Groupies, die wie Nutten aussahen, oder Nutten, die aussahen wie Groupies, und Warhol im Backstage eines Nightclubs, Dreiteiler aus nachtblauem Samt, weiße Perücke, dunkle Brille, Zigarettenspitze, grinsend, ausgemergelt, sehr kindlich. Ludivine hatte sich gerade neben ihn gesetzt und dabei ihre blassen Schenkel entblößt, die aus einem sehr kurzen Wildlederrock hervorschauten, und schenkte der Kamera ihr breites rotes Lächeln.

Der Film hieß *No More Heroes*. Sein menschlicher Wert war gleich null. Sein künstlerischer Koeffizient minimal. Eugène fand nirgendwo einen Verleih. Ich glaube nicht mal, dass ihn seither irgendein begeisterter Internet-Pirat auf Youtube gepostet hat. Das macht ihn im Übrigen wertvoller.

Ich bin aber sicher, dass ich, würde ich ihn heute sehen, betroffen wäre, so als könnte ich mich für eine Sekunde, eine oder zwei Sekunden, dem Gesicht einer *toten* Zeit nähern wie beim Basketball, wenn man eine Unterbrechung des Spiels fordert, die Stoppuhr anhalten kann, und wie bei einer Zeit, die man liegend am Straßenrand findet wie einen überfahrenen Waschbären in Pennsylvania, eine Zeit, die jemand getötet hat oder die sich umgebracht hat oder durch einen Angriff zu Boden geworfen wurde und die man dann, während man seinen Augen nicht traut oder besser den Schlägen seines Herzens, in die Hand nimmt und nach Belieben durchsucht, ohne dass sie weiterläuft und uns entrinnt.

Hätte Ninon es vielleicht gern gehabt, dass ich *ihr* Liebhaber wäre, ihr *Mon chéri*, die alte Schokolade mit einer künstlichen Piemont-Kirsche in Herzform darinnen, ich, der so alt ist wie ihr Vater, ich, der sein bester Freund war?

Als ich ihr diese Frage stellte, bekam ich eine Ohrfeige.

»Es war ein Scherz.«

»Du bist ein Idiot.«

»Du bist eifersüchtig.«

»Du bist ein Arsch.«

»Du bist vulgär.«

»Du kannst mich mal.«

»Ich habe also recht.«

»Du bist ja völlig besoffen.«

»Du meinst wohl dich.«

»Gib mir lieber Feuer.«

Wir sind rausgegangen und haben auf dem Trottoir geraucht. Heutzutage sind nur noch die Trottoirs verraucht. Der Raucher ist ein Draußen-Wesen geworden, eine Freiluft-Kreatur. Ninon war beleidigt. Es würde nicht lange dauern. Ich kenne sie auswendig. Ich mag diesen Ausdruck *auswendig.* Auswendig wissen. Die Gedichte aus der Grundschule. Politische Reden. Die Reaktionen der Frauen. Ihre Körper. Es klingt, als wollte ich prahlen. Aber ich weiß gar nichts. Ich hatte nie eine Geliebte. Ich hatte Florence. Sie war meine Frau. Ich habe sie nie betrogen. Nicht mal mit einer Schauspielerin. Vor allem nicht mit einer Schauspielerin.

»Ich glaube dir nicht, du bist wirklich betrunken.«

Es ist mir egal, ob du mir glaubst oder nicht, kleine Ninon. Es ist die Wahrheit. Schauspielerinnen sind alle verrückt, und ich habe Florence nie betrogen. Ich kann als Mann nur eine Frau auf einmal haben. Nicht wie Eugène, der keine verlassen konnte, bevor er nicht schon die nächste verführt hatte. Dein Vater war ein Mann der sanften Übergänge. Echte Kollagen. Er war übrigens ein begabter Cutter. Er hatte als Cutter angefangen. Und was kann das mit Elena dir schon ausmachen. Sie ist nicht deine Tochter, sie ist nicht du. Wir sind erwachsen. Ich etwas mehr als sie. Aber gemessen am Alter des Universums sind wir auf Augenhöhe. Also lass uns unseren Frieden.«

»Ich geh nach Hause, mir ist kalt.«

»Mir auch.«

»Trinken wir noch einen Kaffee?«

»Ich wollte dich fragen, was ist mit Eugènes Grab? Warum macht ihr nichts damit? Diese Betonplatte, die zerbröckelt, das sieht doch hässlich aus, oder? So nackt.«

»Wärst du mit einem schönen Grab zufriedener? Ein schöner Tod, ein schöner Toter, ein schönes Grabmal? Wäre das weniger nackt? Wäre dir dann weniger kalt?«

»Ninon …«

»Was?«

»Nichts.«

»Lass Papa sein, wo er ist, das heißt nirgendwo. Du bist am Leben. Wie viel Zeit bleibt dir noch, bei allem, was du rauchst und trinkst? Nutze sie.«

»Du bist gemein.«

»Nein, ich bin Ärztin.«

»Was ich eigentlich sagen will, ist …«

»Sag nichts. Halt einfach den Mund. Bleib bei den Lebenden.«

# XI

Was sind die Lebenden?

Auf den ersten Blick ist alles ganz selbstverständlich. Das Lebende vom Toten trennen. Bei den Lebenden sein. Im Leben stehen. Aber was bedeutet es wirklich, bei den Lebenden zu bleiben, wie Ninon es mir vorschrieb? Wenn ich atme und gehe, wenn ich esse, wenn ich träume, wenn ich Wasser lasse, bin ich dann richtig lebendig? Wenn ich die brennende und sanfte Wärme von Elenas Geschlecht um das meine spüre und ihre Augen sehe, die unter ihren Lidern verschwinden, als ob ein langer Taumel sie der Welt entzöge, bin ich dann mehr am Leben? Was ist der höchste Grad des Lebendigseins? Gibt es verschiedene Stadien, durch die man unterscheiden kann, ob man mehr oder weniger lebendig ist?

Und was lehrt uns unser Körper hierbei? Sich nicht um ihn kümmern, ihn nicht spüren, sich nicht um ihn sorgen. Heißt das lebendig sein? Oder bin ich im Gegenteil dann am meisten lebendig, wenn er mich leiden lässt, mich gewaltsam an sich erinnert, mich quält, mir entgleitet, mich plagt, mir zu verstehen gibt, dass ich von ihm abhängig bin, dass mein großartiges Bewusstsein an ihn gekettet ist, ihm Tribut schuldet, dass es ohne ihn stirbt, dass es, auch wenn es von wundersamer Komplexität und Vollkommenheit ist, doch der Sklave seiner groben Mechanismen und seiner trivialen Schluckaufe ist?

Elenas Schönheit verwirrte mich, denn sie war nicht für mich gemacht. Ich war in ihre Existenz eingedrungen. Ein Flegel, der Sorgen und die Last seines Alters mitbringt, seine erschlafften Muskeln und seine Haut, die sich zu kräuseln beginnt wie die Oberfläche eines alten Eiszeitsees im Wind, ein Eindringling, der mitten in eine Feier der Körperlichkeit hineingetorkelt kommt, bei der alles Festigkeit, reine Haut, seidige Oberfläche ist. Eine Hand hatte unsere beiden Zeitkurven verbogen, versuchte, sie zu vertauschen, sie zusammenzubringen, doch sie blieben für sich und fremd, auch wenn sie dicht aneinanderklebten.

Wenn Elena, nachdem wir uns geliebt hatten, ihren Kopf in meine Achselhöhle schmiegte und die Augen schloss, konnte ich nicht umhin, daran zu denken, dass sie auf dem Tod einschlief, dass ich ein Verstorbener war, sie es nur noch nicht wusste, dass wir eine düstere Geschichte erlebten, in der eine verzauberte junge Frau sich in ein Skelett verliebt, dessen erschreckenden Anblick sie nicht wahrnimmt.

Ich sagte ihr natürlich nichts davon. Ich sagte ihr auch nicht, dass ich an Florence dachte, wenn ich sie streichelte, an alle Zärtlichkeit, die ich ihrem Körper geschenkt hatte, der durch die Zeit weicher geworden war, müder, aber von einer lächelnden Müdigkeit, durch die ich ihn noch mehr liebte, je mehr Jahre vergingen. Der Körper junger Frauen erinnert an vollkommene Steine, poliert, makellos, unverschämt unversehrt. Der Körper älterer Frauen hat die Patina unzähliger Tage, in dem sich sinnlich und duftend die Momente der Lust und der Erwartung mischen. Er wird zum durch die Jahre weich gewordenen Samt.

Welche von beiden, Elena oder Florence, ließ mich lebendiger sein? Mit Florence zu schlafen gab mich mir selbst zurück. Mit Elena zu schlafen zwang mich, ein anderer zu werden. Es ging nicht um einen neuen Aufbruch, neuen Schwung, was sich als glücklich hätte herausstellen können, sondern um Selbstbeobachtung aus der Ferne, in einer Spaltung mit unheilvollen Konsequenzen. Ich wusste, dass unsere Beziehung nur dazu führen konnte, die Bitterkeit zu vergrößern, die nach Eugènes Tod in mir entstanden war, wie eine entfernte kratzbürstige graue Cousine aus der Provinz, die unerwartet auftaucht und sich bei uns einrichtet, ohne dass wir etwas dagegen sagen können. Man weiß nicht so recht, welches Ziel sie verfolgt:

Uns überwachen? Uns herausfordern? Uns etwas begreiflich machen? Uns warnen? Uns verurteilen? Ich habe irgendwo gelesen, dass die fünfziger Jahre das Alter der Jugend sind, die sechziger die Jugend des Alters. Man geht mit Worten um, so gut man kann. Aber dadurch verschwindet die Cousine nicht.

Ich tat nichts, um Elena aus meinem Leben zu vertreiben, und nichts, um mich aus ihrem zu entfernen. Ich war feige und setzte darauf, dass unsere Beziehung durch eine Reise Risse bekommen würde, denn man weiß ja, dass das Reisen zu zweit dem einen die Manien und Verhaltensweisen des anderen offenbaren, die sonst verborgen bleiben und plötzlich in einem Anderswo in ihrer ganzen kleinlichen Unerträglichkeit zutage treten.

Venedig war mir als der ideale Ort erschienen, an dem wir unsere beginnende Zweisamkeit beerdigen könnten. Elena war nie dort gewesen. Ich war zwei Mal hingefahren: zum ersten Mal mit Eugène, anlässlich einer Mostra, bei der unser dritter gemeinsamer Film *Senkrecht* ausgewählt worden war, nicht für den offiziellen Wettbewerb, sondern in einer anderen Sektion. Zum zweiten Mal mit Florence.

Mit Eugène hatte ich von der Stadt nicht viel gesehen. Wir sahen von oben auf das Festival hinab, machten uns über den riesigen Rummel lustig und tranken viel. Ich gab Interviews am Ufer des Canal Grande auf einer Terrasse in der Sonne, mir drehte sich ständig der Kopf wegen der Gondeln, die vor meinen Augen auf und ab schaukelten, und der vielen Gläser Spritz, die ich trank wie Limonade. Ich hatte sogar versucht, einen italienischen Kritiker anzugreifen, der mich mit François Truffaut verglich, was mich zutiefst beleidigt hatte.

Eugène und ich waren jung, übermütig, idiotisch, glücklich, leichtherzig. Das Leben hatte uns noch nicht geprügelt. Am Ende hatte ich nichts von der Stadt gesehen. Auf der Heimreise übergab ich mich dreimal in der Toilette des Flugzeugs, unter den vorwurfsvollen Blicken einer Air-France-Stewardess, auf deren Namensschild Marie-France stand.

Mit Florence fuhr ich im Zug nach Venedig. Wir kamen morgens an, noch betäubt vom Schaukeln des Schlafwagens und etwas steif von der Enge der Liegen. Als wir den Bahnhof verließen, tauchte der Canal Grande vor uns auf, schimmernd, unwirklich, leuchtend von Lachen und Schreien, Spiegelungen und Möwen. Es war Anfang November. Das Wetter war sehr schön. Die Stadt hatte sich geleert, die Touristen waren abgereist. Wir wohnten in einer Pension im *Dorsoduro.* Morgens frühstückten wir am Tresen einer Bar in den *Zattere,* unweit von Santa Maria del Rosario, abends saßen wir in einer Ecke derselben Bar und aßen, was uns der sardische Besitzer vorschlug, ohne nach der Karte oder dem Menu zu fragen, Ziegenragout, *spaghetti alla bottarga*, Kürbisrisotto mit einem *bovale* oder einem *cannonau*. Mittags aßen wir immer auf dem Campo Sant'Angelo und blieben nach dem Essen lange in der Sonne sitzen, schlürften dazu kleine Gläser *limoncello*, rauchten Zigaretten, hielten uns an der Hand, vereint durch leichte Trunkenheit und ein Glück, bei dem wir uns ständig ansahen und zulächelten. Wenn wir nicht aßen, schliefen wir miteinander oder gingen aufs Geratewohl spazieren. Venedig ist die einzige Stadt auf Erden, in der man sich verirren kann, ohne verloren zu gehen. Wir gingen durch unser Leben, so wie wir auf dem Pflaster schlenderten. Wir waren glücklich, ohne es wirklich zu wissen. Ich meine, ohne zu wissen, wie sehr und in diesem Moment.

Ich hatte Elena auf Florences Spuren gesetzt. Ohne es ihr zu sagen, ging ich mit ihr dieselben Wege. Morgens tranken wir einen *ristretto* und aßen *cornetti* in derselben Bar im *Zattere*, in der wir auch abends aßen. Der Name des Lokals hatte sich geändert, und der Chef war kein Sarde, sondern stammte aus dem Friaul. Das Essen war immer noch gut. Mittags aßen wir auf dem Campo Sant'Angelo. Wir aßen *spaghetti alle vongole* oder mit Languste. Wir tranken sizilianischen Weißwein. Und danach ein paar Gläschen *limoncello*. Ich rauchte Zigaretten. Elena nahm meine

Hand. Es war so schön wie mit Florence, doch es war März. Und Florence war nicht mehr meine Frau. Eugène war seit zwei Jahren tot, auf den Tag genau oder fast, selbst wenn Tage für die Toten nichts bedeuten. Unsere Schritte führten mich durch dieselben Gassen, über dieselben Brücken, an dieselben Kais wie bei meiner letzten Reise, besonders ans Ufer des *Rio della Misericordia* auf der *Fondamenta Ormesini,* wo man die zu sehr gepriesene Schönheit dieser Stadt besonders genießen kann, wie mir scheint, weil sie dort aussieht, als steige sie gerade aus dem Bad, natürlich, ohne Ziererei, befreit von legendärer Unnahbarkeit, die mit zweifelhaftem Gold und falschen Brillanten überladen ist.

Elena konnte nicht ahnen, dass ich sie auf den Spuren einer anderen gehen ließ, auf der Fährte einer Geschichte, die es nicht mehr gab. Ich hielt sie beim Gehen eng umschlungen, so wie ich auf denselben Wegen Florence dicht an mich gezogen hatte. Abends liebten wir uns in der kleinen Pension, wie ich es mit Florence getan hatte. Ich küsste Elenas lange Schenkel, ihren glatten Schoß, den ich so zu lieben gelernt hatte, ihren Bauch, so flach, dass er sich nach innen wölbte, geschmeidig und gespannt wie frisch rasierte Haut, ihre Lippen und ihre Zunge, die nach Südwein, aromatischen Früchten und schwarzen Beeren schmeckten.

Ich schwamm in der Verwirrung der Stunden und der Jahre, fragte mich, ob ich getrennte Momente meines Lebens miteinander versöhnen oder die einen mit den anderen beschmutzen wollte, die Vergangenheit mit der Gegenwart zusammenbringen oder umgekehrt, eine immaterielle Art abzuwägen erfinden wollte, einen Wettbewerb ohne Zuschauer. Ich nannte mich selbst einen Mistkerl. Im Grunde wusste ich nicht genau, was ich da eigentlich zu tun versuchte. Elena ahnte nichts. »Du machst mich glücklich«, sagte sie eines Abends. – »Ich belüge dich andauernd«, entgegnete ich. – »Na gut, dann mach weiter damit.« Dann schlief sie dicht neben mir ein, ganz plötzlich, wie ein Kind.

Am Tag unserer Abreise besuchten wir die Stiftung Pinault an der *Punta della Dogana*. In einem der letzten Räume im Obergeschoss war die Installation der Toten von Maurizio Cattelan ausgestellt. Neun Leichen unter einer weißen Marmordecke, auf den ersten Blick kaum wahrnehmbar. Elena achtete fast nicht auf sie. Sie ging zu einem runden Fenster, um die Lagune und die *Giudecca* am anderen Ufer zu betrachten. Ich dachte wieder an den Schlaf, das erstarrende Leben, das stillsteht und anhält. Seit es die Menschheit gibt, schätzt man die Zahl der Frauen und Männer, die nacheinander auf der Erde waren, auf fünfhundert Milliarden. Fast hundert Milliarden sind schon verschwunden, von ihnen bleibt nichts übrig oder fast nichts.

Die vor meinen Blicken verborgenen Körper hatten nicht die feierliche und vorgeschriebene Lage der Toten des Mittelalters. Sah man sie genauer an, konnte man sogar manche von ihnen für Schlafende halten, Paare, die sich liebten und sich vor unseren Blicken versteckten, Opfer von Unfällen, Attentaten, Verbrannte, die das Feuer gekrümmt hatte wie Weinranken.

Mein Blick schweifte von den Marmorkörpern zu Elenas Gestalt, die immer noch am Fenster stand. Dann wieder zurück zu den Toten. Ich selbst war auf dem Weg vom Lebenden zum Toten. Einen Augenblick dachte ich, dass mein Platz genau in der Mitte zwischen diesen beiden Polen lag. Ich hätte die stillen Körper gern berührt oder mich neben sie gelegt, eine weiße Marmordecke angehoben und mich darunter gelegt. Diese erträumte und unmögliche Bewegung machen.

Da wandte sich Elena zu mir um und lächelte mich an.

# XII

Es ist Anfang Mai. Ein Mai mit Regen und Windböen. Das Drehbuch von *Innere Fabrik* macht gute Fortschritte. Ich schreibe vormittags. Muss ich betonen, dass die Reise nach Venedig nicht das erhoffte Ergebnis brachte? Ich verlasse Elena morgens, kurz bevor sie aufwacht. Ich presse ihr eine Orange aus, stecke zwei Stücke Brot in den Toaster, stelle die Getreideflocken, das Obst und den Schinken auf den Tisch. Ich zeichne ein Herz auf ein Blatt oder Lippen oder meine ärmliche Gestalt, mein Gesicht mit Augenringen, eine ungeschickte Karikatur, auf deren Schädel ich drei einzelne Haare setze und deren Stirn ich mit parallelen Falten zerfurche. Ich übertreibe. Ich mache mich älter, als ich bin. Ich tue mir weh. Lautlos verlasse ich die Wohnung. Ich überquere die unsichtbare Grenze im Hof. Ich gehe von einer Seite des Gebäudes auf die andere. Von einem Leben ins andere. Kein Grenzer kontrolliert mich. Was hätte ich zu verzollen, wenn es so wäre?

Ich komme zu Hause an. Das Erste, was ich tue, ist, zu ihrem Fenster hinüberzusehen. Hinzuschauen, woher ich komme, das ist seltsam. Ich habe den Roman aufgegeben, den ich mir ausdachte, als ich Elena noch nicht kannte. Ich habe die Haut abgelegt, die ich immer anziehe, wenn ich über den Hof und durch ihre Tür komme. Ich habe wieder meine richtigen Kleider an.

Sie schläft noch. Ich sehe sie im Bett liegen, einen Ellbogen unter ihrem Gesicht, ihre langen Haare über die Decke gebreitet. Mit sinnlicher Unmittelbarkeit verspüre ich wieder den Geruch ihres Nackens, den Geruch der Nacht, so nah, gleich nebenan, dort drüben. Wenn ich Elena von hier aus sehe, wo ich jetzt bin, an meinem Schneidetisch sitzend, fällt es mir schwer zu glauben, dass ich ein paar Augenblicke zuvor noch bei ihr war, in ihrer Wärme. In ihrem Leben.

Die *Innere Fabrik* spielt in naher Zukunft. Die Fortschritte in der Roboterentwicklung, die auf der Erforschung künstlicher Intelligenz im Verbund mit der Entwicklung synthetischer Haut basieren, die ursprünglich hergestellt wurde, um schwere Verbrennungen zu behandeln, haben es ermöglicht, Kreaturen zu erschaffen, die wie Menschen aussehen. Das Staatsunternehmen, das sie herstellt, nennt sie *Echo*. Sie sind eine Art Puppen beiderlei Geschlechts, die jedermann kaufen kann, für eine große, aber nicht extrem hohe Summe, sagen wir etwa das zweifache Jahreseinkommen eines mittleren Angestellten, der sie hinterher programmieren kann, wie er will. Er kann ihre Erinnerung formen, sie mit Leben füllen und modellieren. Ihr Gebrauch zu sexuellen Zwecken spielt, selbst wenn dies in der ersten Zeit ein starkes Kaufmotiv war, nur eine geringe Rolle. Was die Käufer fasziniert, ist, *Echo* zu erschaffen, wie es ihnen passt. Ihr Gedächtnis mit Erinnerungen zu füllen, die sie auswählen, eine Vergangenheit für *Echo* zu erfinden, eine Kindheit, eine Art zu sprechen, sich zu bewegen, zu lächeln, zu weinen, zu schlafen. Die Programmierungsmöglichkeiten sind endlos, und wenn die Operation abgeschlossen ist, eröffnen die Kombinationen zwischen den einzelnen Elementen ein Reaktionsfeld von einer Komplexität, das oft das übersteigt, was ein menschliches Wesen in seinem ganzen Leben erfährt. Nach dem Muster der Computer, die wir verwenden und die von einem menschlichen Gehirn erfunden wurden und doch viel schneller Operationen durchführen können, als menschliche Intelligenz es jemals vermag – Operationen, die so komplex sind, dass kein Mensch sie je hervorbringen noch mit ihnen umgehen könnte.

Ich erzähle Florence von meiner Arbeit. Wir trinken auf der Terrasse einer Brasserie am Boulevard Voltaire einen Kaffee. Die Luft ist mild und feucht. Sie raucht eine Zigarette, und ich nehme ab und zu einen Zug daraus. Sie hört mir aufmerksam zu. Sie trägt einen Hosenanzug. Ich sehe sie so zum ersten Mal. Ich denke, wenn wir noch zusammen wären, wäre sie nie auf die Idee gekommen, sich so etwas zu kaufen.

»Und alle Leute, die sich diese Puppen kaufen, wollen, dass sie jung und schön sind, nehme ich an.«

»Nein, meine Hauptfigur Paul stößt die Verwaltung vor den Kopf, weil er eine originelle Bestellung aufgibt, einen *Echo*-Greis, dem er alles Wissen und das Gedächtnis der Welt einpflanzen will. Eine Art Universalbibliothek, ein leibhaftiges Internet mit menschlichen Zügen in einem Individuum.«

»Gott?«

»So könnte er vielleicht heißen, warum nicht.«

»Und dein Geschöpf, hat es eine begrenzte Lebensdauer?«

»Eigentlich nicht. Jedenfalls ist seine Lebenserwartung nicht mit der unseren zu vergleichen. Ich schätze, sie liegt so zwischen zwei und drei Jahrtausenden. Man könnte es auch Ewigkeit nennen. Die Energie, die diese Puppen bewegt, ist erneuerbar. Unter ihrer synthetischen Haut befinden sich zahlreiche Solarpanele in Miniatur. Der einzige Weg, so einem Wesen den Strom zu nehmen, besteht darin, es ein paar Wochen ins Dunkel zu stellen. Doch dies wirkt sich nicht schädlich auf das aus, was ihm einprogrammiert wurde, denn das bleibt, ganz gleich, was geschieht. Man braucht es nur wieder dem Licht auszusetzen und es wird wieder lebendig, wenn man das so sagen kann.«

Bei meinen letzten Worten muss sie lächeln. Dann wird sie nachdenklich und blickt auf die Straße. Es hat wieder angefangen zu regnen. Man sieht den Regen über die jungen Blätter der Bäume rinnen. Das ist sehr schön. Wie Tränen eines Riesen, die auf die Erde fallen.

Ein Schweigen entsteht, das weder sie noch ich durchbrechen möchte. Wir wissen, dass wir so dasitzen können, ohne zu reden. Mit Eugène habe ich das auch gekonnt. Und mit Elena fängt es an. Schweigen scheint mir oft wie ein tiefer Dialog zwischen denen, die einander verstehen.

Die schweren Wolken ziehen wie ferne Darsteller eines Films vorbei, aufgenommen mit einer geringen Tiefenschärfe. Sie scheinen nur skizziert, wenig real. Ich richte den Blick wieder auf Florence. Ich wüsste gern, was sie gerade denkt. Ich lasse mir noch einmal ihre Zigarette geben und nehme einen tiefen Zug. Sie lässt es geschehen, sieht mich an und lächelt ein wenig traurig.

»Das ist das Letzte, was wir noch teilen können.«

»Was?«

»Das«, sagt sie, »was du gerade so geschickt im Aschenbecher zerdrückst.«

# XIII

Eugènes Beerdigung war eigentlich keine Beerdigung, sondern eher ein trauriges Fest. Seine fünf Kinder waren da. Ninon, Marcel, Toine, Paule und Ludo. Sie standen nebeneinander, ihrem Alter entsprechend, die jeweilige Mutter hinter sich. Der Jüngste weinte, nicht aus Kummer, sondern weil er nicht durch die Alleen rennen durfte.

Der Monat Februar ging zu Ende, am Morgen hatte es noch gefroren. Der Friedhof schien von einem Fachmann für Special Effects präpariert worden zu sein. Der Raureif auf den Hecken, die schimmernden Eisperlen auf den niedrigen Zweigen der Bäume, alles sah wunderschön und vollkommen unecht aus. Ein Friedhof wie in einem Film oder einem Märchen.

Viele Gesichter kannte ich nicht. Auf Beerdigungen ist mir oft schon aufgefallen, dass der Verstorbene mehrere unterschiedliche Leben geführt hat, die ihren Lauf genommen haben, ohne jemals miteinander in Berührung zu kommen. Manchmal glaubt man, der Einzige zu sein, der jemanden trifft, mit ihm Zeit verbringt, ihn kennt. Sein Tod jedoch konfrontiert uns mit der Vielseitigkeit dieser Person. Offenbar gab es mehrere Eugènes. Wenn es so ist, sollte man weder eifersüchtig noch besitzergreifend sein. Die Abwesenheit eines geliebten Menschen macht uns gleich. Sie beraubt uns alle.

Ich stand etwas entfernt von dem, was man die Szenerie nennen könnte. Ich konnte kaum hören, was gesprochen wurde. Ich war zu spät gekommen. Ich hatte lieber die Metro als ein Taxi nehmen wollen, um pünktlich zu sein, doch dann wurde die Fahrt unterbrochen. *Personenschaden*. Welcher Idiot hatte beschlossen, sich am Tag von Eugènes Beerdigung umzubringen? Ich rannte den ganzen restlichen Weg und kam außer Atem an. Ich musste an Godard denken, den zu produzieren ein Traum von Eugène gewesen war. Einmal hatte er sogar dessen Haus in der Schweizer Stadt Rolle belagert, ohne Erfolg. Er hatte ihn nur hinter einem Vorhang gesehen, wie er den Eindringling beobachtete, mit seinem an eine alte brillentragende Eule erinnernden Kopf und einer dicken Zigarre im Mund. Godard hatte nicht daran gedacht, auf das Klingeln zu reagieren. Schlimmer noch, er hatte wohl die Polizei gerufen, denn Eugène sah, wie sich zwei Wagen mit Uniformierten näherten. Ein paar Stunden hindurch wurde er sehr freundlich auf einem Kommissariat in Genf befragt. Schließlich ließ man ihn frei und nahm ihm das Versprechen ab, Monsieur Godard nicht mehr zu belästigen. Dieses Missgeschick hatte Eugène jahrelang nicht daran gehindert, mich auf Pilgertour in die Rue Campagne-Première mitzunehmen, dort wo Belmondo unter den Kugeln von Daniel Boulanger stirbt. Die Feier hatte begonnen. Ich brauchte Zeit, um mein Herz zu beruhigen.

Diesen letzten Satz habe ich vor ein paar Minuten geschrieben. Danach hörte ich auf zu tippen, um ihn mehrmals zu lesen. Manchmal nehmen Wörter einen doppelten Sinn an, den man ihnen nicht geben wollte, der sich aber als wichtiger erweist als das, was man ursprünglich mit ihnen sagen wollte. *Ich brauchte Zeit, um mein Herz zu beruhigen.* Ich wollte natürlich von dem schnellen Herzschlag nach Verlassen des Metroschachts reden, doch die Worte haben zum Ausdruck gebracht, wie groß mein Kummer war. Sie haben recht.

Ninon hat geredet, danach Marcel, der etwas jünger ist als sie und mich nie besonders mochte – warum weiß ich nicht. Er lebt in Singapur, wo er für eine Ölfirma arbeitet und sich abrackert, um den Profit zu steigern. Toine hat ein selbstgeschriebenes Gedicht vorgelesen, und Paule mit ihren zwölf Jahren hat Eugènes Lieblingslied gesungen, *Mon enfance* von Barbara, und sich dabei auf der Gitarre begleitet. Ludo weinte. Nicht wegen des Liedes, sondern aus den schon erwähnten Gründen. Vielleicht aber auch wegen des Liedes, ich weiß es nicht so genau. Wie soll ich wissen, was es bedeutet, sieben Jahre alt zu sein und seinen Vater zu beerdigen. Als Paule aufhörte zu singen, haben wir alle applaudiert.

Und plötzlich stiegen zwischen dem allmählich nachlassenden Applaus die Klänge einer anderen Gitarre in die kalte Luft empor. Ich erkannte eine Melodie, die Eugène mir vor ein paar Jahren oft vorgespielt hatte. Dann, als es wieder still wurde, erklang eine unverkennbare Stimme, die folgende Worte sang:

*God knows how I adore life*
*When the wind turns*
*On a shore lies another day*
*I cannot ask for more*

Aus der Entfernung erkannte ich gleich neben Eugènes Sarg die schlanke, elegante, ein wenig gebeugte Gestalt von Beth Gibbons. Es war, als hielte sie einen ewigen Schluchzer zurück. Sie sang, das Gesicht in den feinen blonden Haaren verloren, mit geschlossenen Augen, und gleich neben ihr stand die sie begleitende Gitarristin.

*When the time bell blows my heart*
*And I have scored a better day*
*When nobody made this war of mine*
*And the moments that I enjoy*
*A place of love and mystery*
*I'll be there anytime*

Mitte der neunziger Jahre hatte Eugène einen Dokumentarfilm über die Gruppe Portishead gemacht, deren Seele Beth Gibbons war. Ich wusste, dass sie weiter in Verbindung geblieben waren, dass sie zusammen zu Abend aßen, wenn Beth in Paris war, und er manchmal zu ihr fuhr, nach Bristol, glaube ich.

*Mysteries of love*
*Where war is no more*
*I'll be there anytime*

Ab und zu sprach er von ihr, »sie würde dir sehr gefallen, da bin ich mir sicher". Er erzählte von der an eine Akrobatin erinnernden Leichtigkeit, mit der sie, so sagte er, durch die Welt und das Leben ginge. Ihre zerbrechliche Stimme, die an diesem Tag noch viel zerbrechlicher war, vielleicht durch den Kummer und auch wegen der Kälte, stieg sanft in die Zweige der kahlen Bäume auf.

*When the time bell blows my heart*
*And I have scored a better day*
*Well nobody made this war of mine*

Wir hörten alle regungslos zu, berührt vom Gesang der Engländerin, der uns noch mehr mit Eugène vereinte. Die Gitarrenklänge umwoben uns mit einem sanften, traurigen Band.

*And the moments that I enjoy,*
*A place with love and mystery*
*I'll be there anytime*

Es waren Schauspielerinnen da, Schauspieler, Produzenten. Viele Frauen, enorm viele Frauen, schön, jung oder weniger jung. Die Kälte färbte ihre Wangen rosig und verschleierte ihre Augen. Manche schienen versteinert in einer Art gerührten Staunens.

*Mysteries of love where war is no more*
*I'll be there anytime.*

Bis zum Schluss hat Eugène versucht, Frauen zu verführen. Bis in seine letzten Wochen, als er das Bett der Palliativstation, auf die er verlegt worden war, nicht mehr verlassen konnte. »Mein Vorzimmer«, pflegte er zu sagen.

Ich verbrachte jeden Tag mehrere Stunden bei ihm. Seine letzte versuchte Eroberung war die von Marguerite, einer der Schwestern vom Tagesdienst. Eine Frau aus Martinique, die ich immer lächeln sah.

»Wollen Sie mich heiraten, Marguerite?«, fragte Eugène, als ich bei ihm saß, »ich bin frei wie ein Vogel.«

Marguerite lachte. Streichelte ihm die Wangen. Massierte ihm Beine und Füße. Den Rücken. Mit einer Creme, die nach Mandeln und Olivenöl roch.

»Ich meine es ernst, Marguerite. Nicht wahr, ich bin ganz ernst. Sag es ihr, wo du mich so gut kennst.« Eugène nahm mich als Zeugen. Ich stimmte ihm lächelnd zu. Ich wusste, dass er es ernst meinte. Dass er Marguerite geheiratet hätte, wenn sie ja gesagt hätte. Eugène starb am Alleinsein.

Sein kleiner Krebs, der sich so sehr vergrößert hatte, war in einem Moment aufgetaucht, in dem Eugène zum ersten Mal in seinem Erwachsenenleben allein war. Zu einer Zeit, in der er nicht verliebt war, nicht mehr mit der früheren Freundin und noch nicht mit der nächsten zusammen war. Der Krebs hatte sich in den Zwischenraum gedrängt, den die Liebe freigelassen hatte. Nachdem er einmal da war, wollte er nicht mehr weg und weitete den kleinen Raum immer weiter aus. Eugène starb daran, dass er in dieser Zeit nicht mehr liebte und nicht geliebt wurde. Ich bin darauf erst später gekommen. Es gibt auch andere Erklärungen. Elena hat mich, als ich es ihr sagte, nicht ausgelacht.

Als er es noch konnte, gingen wir zusammen in den Krankenhaushof, Eugène in einem Rollstuhl, den ich vorsichtig schob, weil ich immer fürchtete, er könne nach vorn fallen.

Ich wickelte ihn in zwei Decken. Sein Kopf schaute gerade noch heraus. »Du siehst aus wie E.T.«, sagte ich zu ihm. – »Keine Sorge, ich fliege schon nicht weg«, antwortete er. Es war kalt. Die Luft trocken.

An einem Februarnachmittag verließen wir das Krankenhausgelände. Klammheimlich. »Geh mit mir nach draußen, ich meine, auf die Straße. Fahr mich in ein Café. Ich möchte noch einmal ein Café sehen.« Als ich abwehrte und ihm sagte, das sei Wahnsinn, fügte Eugène hinzu: »Du musst berücksichtigen, dass dies zu meinem letzten Willen gehört. Schätz dich also glücklich, einen Teil davon umzusetzen, solange ich noch lebe. Dieses Glück haben nicht alle.«

Fünfzig Meter vom Eingangsportal lag eine Bar mit Tabakladen, die Chinesen gehörte. Weder der Barmann noch seine Serviererin – seine Frau? Seine Schwester? – waren überrascht von unserem seltsamen Gespann. Ich rückte die Tische ein wenig zur Seite, damit der Rollstuhl hindurchpasste. Wir setzten uns hinten in den Raum. Wir waren die einzigen Gäste. Eugènes Gesicht sah aus wie ein Mondfisch, farblos, von schrecklicher, bleicher Rundheit, wächsern. Nur seine Augen hatten sich nicht verändert. Darauf hatte er mich hingewiesen. Die Krankheit siegte über seinen gesamten Körper, aber nicht über seine Augen. Die Augen, die immer dieselben bleiben, von der Kindheit bis in den Tod.

Wir bestellten zwei Glas Wein – einen Médoc für Eugène, einen Riesling für mich –, um wie wirkliche Gäste zu wirken. Doch wir rührten den Wein nicht an. Angestoßen hatten wir trotzdem.

»Auf was?«, fragte Eugène provokant.

»Auf China«, antwortete ich.

Er lächelte.

»Auf China.«

Eugene sah sich um, als sähen wir ein Märchenstück. Die Bar war trist, von bemerkenswerter Hässlichkeit mit beigefarbenen Fußbodenkacheln, Tischen und Stühlen aus grünem Plastik wie die, welche man in Vorstädten hinter Einfamilienhäusern neben eisernen Grills stehen sieht. An der Decke waren kreisförmige Neonröhren, die Aquarienlicht auf uns warfen, und schreckliche stilisierte Landschaften an den Wänden, aus Schildpatt und falschem Perlmutt, auf denen Reisfelder und Brücken über Seen zu erkennen waren. Eugènes Augen leuchteten vor

Vergnügen. Sie musterten die Dinge, *die Dinge des Lebens*, eines Lebens, von dem er wusste, dass es ihm nach und nach von einer gleichgültigen Hand unter den Füßen weggezogen wurde wie ein abgewetzter Teppich, von einer Hand, die einfach nur ihrem Beruf nachging.

Die Glocke an der Tür bimmelte in grellem, altmodischem Ton, wie man ihn aus Filmen zwischen den Kriegen kennt. Ein Paar kam herein, der Mann sehr groß, ein hagerer Greis mit einem weichen dunklen Filzhut, den er sogleich ablegte. Er war sicher älter als achtzig. Die Frau war ein wenig jünger. Sie gingen ohne Zögern auf einen Tisch zu, so als täten sie dies immer, setzten sich, ohne die Mäntel anzuziehen, und begannen, sich lebhaft zu unterhalten, leise und in einer Sprache, die mitteleuropäisch klang. Sie wirkten wie zwei Verschwörer, was angesichts ihres Alters eher komisch als beunruhigend wirkte.

Ich sah nicht mehr zu ihnen hin und wandte mich wieder meinem Freund zu. Da erst bemerkte ich, dass Eugène von dem alten Mann magnetisch angezogen zu sein schien, denn er ließ ihn nicht mehr aus den Augen. Ich legte meine Hand auf seine. Er reagierte nicht. Ich begann seine kalte, geschwollene Hand zu streicheln. Nach und nach wandte sich Eugène wieder mir zu, doch zunächst nahm sein Blick mich gar nicht wahr. Er schien aus einem Traum zu erwachen.

Als ich die Stirn runzelte, um ihn zu fragen, was mit ihm los sei, sagte er mit leiser Stimme:

»Erkennst du ihn nicht?«

Wieder sah ich zu dem alten Mann hinüber. Ich schüttelte den Kopf und sah Eugène ratlos an.

»Kundera. Es ist Milan Kundera.«

# XIV

Manche Romane von Kundera habe ich nicht ungern gelesen, habe aber keine lebhafte Erinnerung an sie. Die Verfilmung eines seiner Bücher fand ich eher schwach. Mir blieb von dem Film nur das Bild einer üppigen Schwarzhaarigen mit einer dunklen und vollen Schambehaarung, die, wenn ich mich recht erinnere, nackt vor einem Spiegel tanzte und einen Hut auf dem Kopf trug. Eugène las sehr viel mehr als ich. Seine Wohnung verriet davon nichts, in seinen Räumen gab es keine Bücher. Er behielt keins zu Haus. Sobald er ein Buch gelesen hatte, verschenkte er es oder ließ es auf einer Bank, im Zug oder auf einem Tisch im Café liegen. »Ein Buch muss zirkulieren wie die Welt.«

Ja, jetzt wo Eugène es mir gesagt hatte, erkannte auch ich, dass der alte Mann, der wie aus Wurzelholz geschnitzt schien und aus dessen Gesicht großer Verdruss oder nur mühsam unterdrückter Ärger sprach, Milan Kundera war. Ich hatte ihn deshalb kaum wiedererkannt, weil ich ihn zwanzig Jahre nicht mehr gesehen hatte. Persönlich hatte ich ihn nie gekannt, jedoch ein altes Bild vor Augen, die Fotografie in einer Zeitung Anfang der neunziger Jahre, einen Auftritt im Fernsehen zur gleichen Zeit, ich weiß es nicht mehr genau.

Wie die Zeit vergeht, erkennt man am besten, wenn man zufällig an einer Straßenecke einem Mann oder einer Frau begegnet, die man ein paar Jahre früher zum letzten Mal gesehen hat. Man hat eine präzise Vorstellung von einem Gesicht, von einer Haarfarbe, einer Haut, einer Haltung – es ist, als wäre sie in Stein gemeißelt. Doch wenn wir den anderen plötzlich gealtert vor uns sehen, trifft es uns in ganz besonderer Weise, denn sein Anblick zwingt uns zu der Erkenntnis, dass auch wir älter geworden sind, was wir eigentlich nicht akzeptieren wollen. Dass wir selbst auch älter werden, erkennen wir deshalb nicht, weil wir an uns gewöhnt sind. Die tägliche und deshalb minimale Wahrnehmung der Zeichen der Zeit an uns selbst gibt uns gnädigerweise die Gelegenheit, uns vorsichtig und allmählich an die Veränderung zu gewöhnen, und so werden wir unmerklich, aber stetig älter, ohne dass uns dies wie ein plötzlicher Schock kommt. Es ist so wie bei diesen Selbstporträts, die der Künstler Roman Opalka jahrzehntelang wie besessen von sich zeichnete. Betrachten wir alte Fotos von uns, hat dies eine ganz andere Wirkung, als wenn wir aus den Augen verlorenen Bekannten wiederbegegnen. Plötzlich stehen sie vor uns, unseren Blicken aufgezwungen wie eine Rechnung all der Jahre, die wir zu zahlen vergessen haben und die nun sofort und in bar beglichen werden soll, um beachtliche Zinsen erhöht.

Der Barmann hatte Kundera einen Kaffee gebracht und seiner Begleiterin einen Tee. Sie war ebenso verschrumpelt wie er und trug einen schweren Mantel, ihr kurzgeschnittenes Haar verschwand unter einer pflaumenfarbenen Baskenmütze. Sie hatten nichts zu bestellen brauchen. Offenbar waren sie Stammkunden hier. Sie richteten weder ein Wort an den Barmann, noch sahen sie ihn an, als er ihnen die Tassen servierte. Sie waren zu sehr in ihr Gespräch vertieft, ein Gespräch mit Rede und Gegenrede, das Schlag auf Schlag hin- und herging, jedes Mal mit einem noch längeren Redeschwall. Während der eine redete, nahm der andere die Hand des Gegenübers und hielt sie fest. Dies alles erinnerte mich an den endlosen Ballwechsel eines recht langweiligen Tennisspiels Ende der siebziger Jahre zwischen Björn Borg und Ivan Lendl.

Worüber redeten die beiden nur so intensiv, fast hasserfüllt, obwohl ihre Stimmen immer leise blieben? Die Art und Weise, wie die verschiedenen Sprachen der Welt über Gesichtsausdruck und Gesten, Modulierung der Stimme, Balance zwischen den Vokalen, Nasalen, Kehllauten, Atemrhythmus bestimmen, kann bei der Deutung zu grundlegenden Missverständnissen führen: Ich erinnere mich an eine Szene in einem kleinen Hafen der Bucht von Along. 2009 war ich dort hingefahren, um Aufnahmen zu machen. Ich wollte sie für eine Videoinstallation über den Begriff des Raumes, seiner Auflösung und seiner Grenze verwenden, mit der mich das Genter Stadtmuseum beauftragt hatte.

Drei Tage war ich in der Bucht gewesen und hatte mit einem Fischer verhandelt, um auf seinem Boot mitfahren zu dürfen, auf dem er mit seiner Frau und drei Kindern lebte. Ich hatte keine besondere Strecke im Auge. Er sollte fahren, wie es ihm gefiel. Stundenlang spielte ich mit seinen Kindern. Manchmal half ich dem Fischer, sein Netz hochzuziehen. Ich ging auf die Brücke, streckte mich dort aus. Ich schloss lange die Augen, öffnete sie dann wieder und sah, wie die Erde versuchte, dem Meer ihre Gegenwart aufzudrängen, übersät von Zähnen, riesigen Stummeln im grünen Wasser, bedeckt mit einer moosreichen Vegetation, bewohnt von Vögeln und Geräuschen. Ich schlief in einer Hängematte, die sich mit den Fluten wiegte und mich glauben ließ, ich hätte einen bequemen Platz in dem großen Pendel einer Uhr, deren Wärter ich geworden sei, so wie man Leuchtturmwärter sein kann. Wir aßen im Kreis sitzend unter einem Segeltuchdach weißen Reis, Fisch und Gemüse. Die Sonne kam mir verirrt vor, wenn das Schiff seine Richtung änderte. Manchmal filmte ich ihr Licht auf der Wasseroberfläche oder die großen Schatten, die sie dem Meer aufzuerlegen versuchte, indem sie einen ganzen Block Dschungel und Klippen hineinstürzen ließ.

In einem kleinen Hafen, wo wir geankert hatten, ging ich an Land, um ein bisschen im Dorf spazieren zu gehen, es gab dort nichts als ein paar Strohhütten, die Andeutung einer Straße, in der Kinder auf festgestampftem Boden mit einem schwarzen Schwein, einem Hund und vier Hühnern spielten. Plötzlich brach ein paar Meter weiter ein Streit von unglaublicher Heftigkeit aus.

Fünf Männer hockten um ein Plastikbecken, in dem dicke, bleiche Fische, die an kranke Karpfen erinnerten, von Zeit zu Zeit ihr Maul aus dem Wasser streckten, das weiß und voller Bartfäden war, und es in der Luft aufrissen, als versuchten sie, um Hilfe zu rufen. Zwei der Männer, die einander gegenüberhockten, schrien lauter als die drei anderen. Ihre Stimmen schlugen aufeinander wie Schwerter und brachten sowohl dumpfe als auch scharfe, schneidende Laute hervor. Jeder hielt dem anderen drohend die Hand entgegen, zeigte manchmal auf die Fische, dann wieder auf die anderen Personen und dann wieder auf das Gegenüber.

Der Streit war so heftig, dass alle sonstigen Geräusche im Dorf von den Stimmen, die aneinander zu zerbrechen schienen, wie ausgelöscht waren. Plötzlich standen die beiden Männer auf, ihre Gesichter kamen einander näher, ihre Züge schienen sich mir wie in einem schnellen Prozess der Anamorphose noch mehr zu verzerren. Auch die anderen Männer standen auf, mischten sich mit gestikulierenden Armen in die Schlacht ein, mit lauten Stimmen und aufgeregten Sätzen. Ich stellte fest, dass es kein Vietnamesisch war, konnte aber nicht sagen, ob es sich um beschwichtigende Worte handelte oder um Anstachelung zu Hass und Schlägerei.

Ich fragte mich gerade, ob ich irgendwie eingreifen sollte, um die Männer zu beruhigen, da schwiegen sie plötzlich. Einer von ihnen, der mir am aggressivsten erschienen war, zog ein Bündel Geldscheine aus der Tasche, zählte sie rasch und reichte sie seinem Gegenüber auf der anderen Seite des Beckens. Dieser zählte die Scheine erneut und nickte zustimmend mit dem Kopf. Der erste Mann beugte sich über das Becken, packte zwei Fische an den Kiemen und hob sie in die Luft, prüfte sie von allen Seiten. Er schien zufrieden, nickte ebenfalls zustimmend und ging in Begleitung von zweien der anderen Männer fort.

Was ich für einen sich zuspitzenden Streit gehalten hatte, war nichts als ein ganz normaler Handel unter Chinesen. Ich lernte dadurch, dass unsere Körpersprache, Gesten und Stimmen nur richtig und ohne Fehler zu verstehen sind, wenn wir uns in einer bestimmten Blase befinden, der Blase der Kultur, in der wir aufgewachsen sind oder lange genug gelebt haben, um zu wissen, wie sie zu verstehen ist. Vielleicht also redeten Kundera und seine Begleiterin von Liebe, tauschten leidenschaftliche Worte und Ideen aus, Sätze von endloser Zärtlichkeit, von denen ich nur die grobe, mir kalt und rau erscheinende Oberfläche wahrnahm.

# XV

Eugène ließ den alten Mann nicht aus den Augen. Er schien vollkommen fasziniert von dem Schriftsteller, der nicht bemerkte, dass er beobachtet wurde. Schließlich meinte ich, es sei schon spät, und wir müssten daran denken, wieder ins Krankenhaus zu fahren, bevor Marguerite uns vom Sicherheitsdienst suchen ließ.

»Ach, lass mich noch ein bisschen hierbleiben«, antwortete Eugène, ohne den Blick abzuwenden. »Ich weiß nicht, ob dir klar ist, was diese zufällige Begegnung für mich bedeutet. Dieser Mann, den du dort siehst und der aussieht wie ein alter Mann, der sich bester Gesundheit erfreut, während ich nur noch ein jämmerliches kleines Etwas bin, ist der Schriftsteller, der mir wohl am wichtigsten war. Ich verdanke ihm die kostbarsten und fruchtbarsten Momente meines Lebens. Wenn ich Kundera las, hatte ich immer den Eindruck, mitten hineinzukommen in das, was das Leben an Wunderbarem, Absurdem, Groteskem, Ödem, Einzigartigem und Lächerlichem haben kann.

Ich hatte überdies den Eindruck, dass ich dank seiner Romane zu einem europäischen Kontinent der Literatur und des Denkens gehörte, zu einem Raum, den nur die Bücher großer Geister bilden können und in dem jeder Leser wie ein besonderer Gast willkommen ist.«

Er sah mich nachdenklich an, und in seinen Augen war plötzlich ein Leuchten.

»Ich weiß, dass wir das, was wir sind, in erster Linie unseren Eltern, Lehrern, vielleicht sogar Professoren verdanken, doch ich bin überzeugt, dass wir einen Großteil dessen, was uns berührt und ergreift, Künstlern verdanken – ganz gleich ob sie tot oder lebendig sind – und den Werken, die sie geschaffen haben und die bleiben, der Zeit zum Trotz, die jedes Lächeln, jedes Gesicht und jeden Körper auslöscht. Deshalb habe ich meinen Beruf so geliebt. Ich wusste, dass ich kein Künstler bin. Aber ich wollte möglichst in der Nähe der Künstler sein. Ihnen so gut ich konnte helfen, ihr Werk in die Welt zu bringen. Ich säße vielleicht gar nicht mit dir hier, wenn ich nicht eines Tages den Büchern dieses Mannes begegnet wäre. Mein Leben wäre wahrscheinlich anders verlaufen. Wir beide hätten uns vielleicht nie kennengelernt. Kannst du dir das vorstellen? Dieser Schriftsteller hat mir einen Teil seiner Kraft, seiner Beharrlichkeit und auch seiner Intelligenz geschenkt. Ihn zu lesen hieß, eine

Stimme zu hören, die man zum Schweigen bringen wollte. Es bedeutete, sich einer bestimmten Richtung der Geschichte zu widersetzen, die Millionen Menschen versklavte und ihnen grundlegende Freiheiten raubte.«

Wochenlang hatte ich Eugène nicht mehr so viel und mit so großem Elan reden hören. Die Krankheit forderte jeden Tag ihren Tribut an Lebenskraft von ihm. Manchmal schlief er während des Gesprächs in seinem Bett ein, und ich blieb bei ihm sitzen. Dann betrachtete ich lange sein Gesicht, das sich so verändert hatte, seinen ausgemergelten Körper, und ich musste unwillkürlich an die friedlichen Landschaften mit ihren Feldern und Wäldern denken, die an Immobilien- oder Handelsunternehmen verkauft werden und auf denen dann Baumaschinen, die aussehen wie riesige, feindliche, emsige Insekten, Bagger, Bulldozer und Planierraupen mit übermäßig großen Rädern, in ein paar Stunden alle Schönheit beseitigen, methodisch und beharrlich das Innere des Ortes durchwühlen, alle lebenswichtigen Organe und Eingeweide herausreißen, in der Tiefe graben, schaben, entwässern, planieren und nach ein paar Wochen ein riesiges Loch mit kahlen Rändern zurücklassen, eine Art Operationsfeld, aus dem alles Leben entfernt wird und in das man Tonnen über Tonnen toten Betons hineingießt.

Körper welken wie Blumen in Vasen, die eines Tages ihren Blütenkelch hängen lassen, ihren Geruch und ihre Farben verlieren und in sich zusammenfallen. Selbst das helle Wasser, mit dem sie ihre Schönheit und ihren Geruch netzten, wird beunruhigend trüb, als werde ihr Tod in beschmutztem und übelriechendem Niederschlag sichtbar. Marguerites Lächeln und ihre Scherze konnten bei Eugène nur noch Grimassen hervorrufen. Er bemühte sich, sie fröhlich aussehen zu lassen wie ein Clown, bei dem man nie weiß, ob er weint oder lacht. Er hatte seine Heiratsanträge aufgegeben, ich sah jedoch noch, welches Vergnügen die Schwester ihm bereitete, wenn sie ihm die Schläfen, die Arme oder den Nacken massierte, wie ihn der Kontakt mit dem weiblichen Körper erfreute, die zurückhaltende, aber doch reale Zärtlichkeit, mit der die Pflegerin ihn streichelte. Ich spürte, wie er sich in diesen Momenten entspannte, ganz gelöst wurde und mit halbgeschlossenen Augen Erinnerungen an Liebe, Zärtlichkeit, Umarmungen und Momentaufnahmen von Lust aufleben ließ, die sein Gedächtnis noch auferstehen lassen konnte, während sein Körper ihm nur noch Verweigerung, Widerwärtigkeit und Leid zuteil werden ließ.

Um aber auf die Szene in der Bar zurückzukommen, auf die Verwandlung, die ich dort an meinem todkranken Freund erlebte: An jenem kalten Februartag, von dem man sich fragte, ob das trübe Licht auf eine Art partieller Sonnenfinsternis zurückzuführen war, auf eine Wolke von Teilchen, die ihre Grisaille in die Atmosphäre von Paris entließ, oder auf eine Traurigkeit des Himmels, erkannte ich, dass Literatur manchmal wichtiger sein kann als das Leben, und wie sehr es ihr gelingt, das Leben lebendiger zu machen, es zu inspirieren und – wenn auch leider nur für eine bestimmte Zeit – das, was an ihm nagt, es unterminiert und zerstört, zu vertreiben.

Eugène hatte die Augen geschlossen und sagte leise ein paar Buchtitel von Milan Kundera auf, als handele es sich um ein Gedicht.

»*Der Scherz … Das Buch vom Lachen und Vergessen … Die unerträgliche Leichtigkeit des Seins … Das Leben ist anderswo … Abschiedswalzer.*« Er sprach so leise, dass der alte Schriftsteller, der immer noch in sein Gespräch vertieft war, es natürlich nicht hörte.

»Seine Stimme kam nicht einfach nur aus dem Osten«, fuhr Eugène fort. »Sie war nicht nur auf der anderen Seite der Mauer, die später gefallen ist, gewachsen. Sie kam aus der Tiefe der Menschlichkeit, in dem unsere wunderbare und komplexe Lebendigkeit wohnt. Sie verwob unser Unglück und unsere Größe, unsere Fehler und Schönheiten zu einem. Ich fühlte mich durch sie mehr als Mensch und freier als zuvor. Sie weitete meine Lungenflügel. Sie rauschte durch mein Blut. Ich weiß noch, wie es war, als ich zum ersten Mal ein Buch von Kundera in Händen hielt, das gerade erschienen war. Ich zitterte vor Aufregung wie bei einem entscheidenden Termin, und wenn man mich damals aufgefordert hätte, zwischen der Lektüre dieses Romans oder einer Nacht mit einem jungen Mädchen zu wählen, hätte ich keine Sekunde gezögert. Und du kennst mich …« Er nickte versonnen und blickte wieder zu dem Schriftsteller hinüber.

»Er, dessen Werk so viel Ironie enthält, würde es bestimmt sehr komisch finden. Ein Sterbender, dem man ein letztes Vergnügen verschafft: ein paar Minuten in einer von Chinesen geführten schäbigen Bar dem Mann zu begegnen, der für ihn in seinem Leben am wichtigsten war. Wenn das nicht ein arglistiger Spaß von jemandem ist, der zu seinem Vergnügen mit uns spielt wie mit armen kleinen Labormäuschen.«

»Du beginnst doch jetzt wohl nicht, an Gott zu glauben.«

»Nein, das wäre zu einfach. Und es wäre auch zu spät. Ich überlasse solche Spekulationen denen, die vor Angst sterben.«

»Warum sagst du alles, was du mir gerade gesagt hast, nicht ihm? Soll ich dich zu seinem Tisch fahren?«

Eugène hob die Hand, um mir Einhalt zu gebieten.

»Sieh mich doch mal an. In meinem Zustand will ich mich niemandem aufdrängen. Ich bin nicht mehr mit anderen auf Augenhöhe. Mit mir spielt keiner mehr. Schlimmsten- oder bestenfalls sieht man mich mit Mitleid oder Abscheu an. Ich will weder das eine noch das andere. Kundera hat große Bücher geschrieben, doch hoffnungslose Fälle kann er auch nicht heilen. Lass mich einfach noch ein paar Minuten hier sitzen. Was für ein seltsames Gefühl, dieselbe Luft zu atmen wie er. Die Erde ist so klein, und ich hab mich dort so wohlgefühlt.«

Wenig später verließen wir das Café und versuchten dies so diskret zu tun wie möglich, aber als ich Eugènes Rollstuhl zwischen zwei Tischen hindurchschieben wollte, um ihn in die richtige Richtung zu lenken, stieß ich gegen einen Stuhl, der am Boden ein unangenehm scharrendes Geräusch verursachte.

Kundera hörte plötzlich auf zu reden und wandte sich in unsere Richtung. Er ignorierte mich und hatte nur Augen für Eugène, den er mit einem neutralen Blick musterte. In diesem Moment erinnerte er mich an die großen Ärzte, die beim bloßen Anblick eines Patienten mit Hilfe einiger Anzeichen, die nur sie lesen und deuten können, eine Diagnose stellen, die später alle Untersuchungen bestätigen.

Nach und nach verlor Kunderas Blick seine scheinbare Indifferenz und entsprechend entspannten sich seine Gesichtszüge, denen die vorausgegangene Diskussion Falten und einen verdrossenen, fast feindseligen Ausdruck aufgeprägt hatte. Auf seinen Lippen erschien ein Lächeln, und unter dem doppelten Bogen seiner buschigen Brauen leuchtete in seinen Augen ein kindliches Licht. Er grüßte Eugène mit einem Kopfnicken, das nicht nur ein Zeichen oberflächlicher Höflichkeit war, sondern im Gegenteil eine Geste, mit der es ihm wie in seinen Romanen gelang, hinter dem scheinbar Einfachen eine unvermutete Tiefe entstehen zu lassen.

Auf dem Bürgersteig blickte Eugène überglücklich und bis zum Hals in Decken eingewickelt in den grauen Himmel und sagte immer wieder mit rauer und freudiger Stimme: »*E. T. go home … E. T. go home …*«, ohne in der Ferne am Eingang des Krankenhauses Marguerite zu bemerken, die umrahmt von zwei Wachposten wütend mit den Armen ruderte und drohend die Faust in unsere Richtung hob.

# XVI

Ich habe Eugènes Sätze nicht wortwörtlich wiedergegeben. Doch ich will ihm keine Worte unterschieben, die er nicht benutzt hätte. Ich versuche, ihm treu zu sein, doch meine Erinnerung und Sprache wirken wider Willen wie die Neuaufnahme einer Wirklichkeit, die es zweifellos gab, die jedoch bereits zu einer sich entfernenden Vergangenheit gehört. Mir ist bewusst, dass Schreiben so etwas wie Beerdigen ist – man deckt ebenso viel zu, wie man Neues an den Tag bringt. Das Kino arbeitet nicht mit diesen Mitteln, aber es besteht ja auch nicht aus derselben Materie.

Eugènes Stimme, die in dem Teil meines Gehirns klar und lebendig ist, in dem die mich berührenden Klänge aufgehoben sind, kann man in diesen Sätzen niemals lesen. Die Wörter, die ich ihm zuschreibe, sind in Wahrheit meine, von ein paar Momenten abgesehen, in denen seine Worte wie Blitze aus dem Vergessen hervordringen und in meine Erzählung Eingang finden. Es kann sie ohne mich, ohne mein Eingreifen nicht geben. Deshalb vermag ich leider nicht – im

Gegensatz zu dem, was geschähe, wenn ich die Szenen, die ich schildere, während unserer Gespräche gefilmt hätte –, auch nur die geringste Vorstellung vom Klang seiner Stimme, ihren Hebungen und Senkungen, ihrem Tempo, noch von seinen Gesten und der Art, in der sich sein Gesicht belebte, wiederzugeben. Selbst wenn es mein Prinzip wäre, mit besessener Genauigkeit zu beschreiben, wie sich seine Gesichtszüge während der Gespräche bewegten und veränderten – denn ich erinnere mich noch genau daran –, würde es doch künstlich wirken, denn ich hätte den Eindruck, eine Reihe aufeinanderfolgender Großaufnahmen zu machen, wo doch jeder weiß, dass man einen allgemeinen und direkten Eindruck von demjenigen, der einem gegenübersitzt, gewinnt, einen Eindruck, der aus hunderten Details besteht, die alle zugleich im Bruchteil einer Sekunde aufgenommen und zusammengesetzt werden und nicht einem Nacheinander folgen.

Und so ist mein Freund bereits auf eine schematische Gegenwart reduziert. Sein Körper hat sich von seinen zahlreichen Dimensionen gelöst und kann durch meine Vermittlung doch nie mehr sein als ein flacher Umschlag, treu dem Original und untreu zugleich – so wie es ein Flyer für Touristen von einer Stadt ist im Verhältnis zu der Stadt selbst, oder eine topographische Karte der Landschaft, die er wiedergibt.

Gewöhnlich benutze ich Wörter im Rahmen eines

Drehbuchs, um Handlungen zu beschreiben, Dekors zu entwickeln. Die Sprache ist dann von einer Armut und Genauigkeit, die zur Gebrauchsanweisung von Haushaltsgeräten taugen. Man muss den Lesern nur eine Vorstellung von dem geben, wie die Szene, um die es geht, schließlich auf der Leinwand aussehen kann. Seit einiger Zeit entdecke ich, was die Sprache bieten kann, wenn ihr Zweck keinem anderen dient als nur ihr selbst. Ich habe diesen Text begonnen, wie man hofft, ein unterbrochenes Gespräch wiederaufzunehmen, wie man versucht, eine leichte, unsichtbare Falle aufzustellen, welche Stimmen und verlorene Momente auffangen kann.

Eugènes Tod hat mir nicht nur meinen besten und einzigen Freund geraubt. Er hat mir auch jede Möglichkeit genommen, zu sagen und auszudrücken, was mich beunruhigt und mich erzittern lässt. Er hat mich zum Waisenkind einer Sprache gemacht, die ich gern hörte und die mich nährte, die mir wie ein Radar den Rhythmus der Welt vorgab, den ich jetzt, wo ich allein bin, nur unvollkommen erfasse.

Seit Eugène gestorben ist, wird mir klar, wie sehr unsere Freundschaft eine Freundschaft von Worten war, und wie sehr diese Worte jahrelang das Gebälk jenes Hauses waren, das wir alle geduldig und mühevoll zu erbauen versuchen und das man Leben nennt. Durch Eugènes Tod wurde der Bau gestoppt. Manche

Teile sind fertig und stellen mich zufrieden, an anderen muss noch mehr oder weniger viel geändert werden, wieder andere existieren nur als Zeichnung auf dem Tisch des Architekten.

Heute scheint mir, dass ich dank dieser in ihrer Form freien Erzählung, ihrer Anordnung und ihrem Ablauf nicht nur Eugène zwinge, in meiner Nähe zu bleiben, ich halte ihn unter einer Art künstlichen Beatmung, in einem Koma, das nicht ganz dem Tod entspricht. Und zugleich nehme ich die Arbeit an meinem Haus wieder auf. Ich komme vielleicht langsamer vorwärts und die Arbeit geht mir nicht so gut von der Hand wie zu zweit. Doch ich mache weiter. Das, was ich schreibe, wird der Ort unserer Freundschaft. Eugène ist da, auf den Seiten, den Zeilen oder zwischen ihnen. Die Erzählung ist eher sein Zimmer als sein *Grab*. Ninon hatte recht: Es ist unwichtig, dass seine Grabplatte einfacher Beton ist, der im Lauf der Monate bröckelt. Eugene ist sowieso nicht mehr darunter. Er ist hier. Mein Text ist für ihn der Baum der Toraja geworden.

Elena möchte, dass ich im Herbst mit ihr nach Kroatien fahre. Sie möchte mir Pula zeigen, eine Stadt an der Küste, in der sie die ersten zehn Jahre ihres Lebens verbracht hat. Ihr leichter Akzent, der ihr immer noch anhaftet wie die Erinnerung an ein Parfum auf der Haut, ist Zeuge dieser Kindheit. Es rührt mich, dass sie ihn nicht verloren hat, dass in ihr immer noch ein Teil des Kindes steckt, das sie einmal war und das weiter spielen möchte. Ich habe weder ja noch nein gesagt. Ich antworte nichts. Ich kicke den Ball ins Aus und schiebe das Filmprojekt vor. Was wäre die Welt, wenn wir alle die Wahrheit sagten?

# XVII

Seit ich Filme mache, habe ich es mir angewöhnt, meine Drehbücher im Haus meiner Kindheit zu Ende zu schreiben, in dem Zimmer, das ich damals bewohnte, unterm Dach. Mein Vater hatte es auf mein Bitten hin mit Fichtenholz getäfelt, damit es wie ein Châlet oder eine Berghütte wirkte. Durch ein Dachfenster dringt nur wenig Licht hinein, das auf das Bett fällt. Auch der Schreibtisch ist aus Holz, an der Wand festgeschraubt. An Sommerabenden konnte ich mich, wenn ich das Fenster aufschob, mit ein wenig Akrobatik aufs Dach hieven. Dort oben rauchte ich meine ersten Zigaretten und träumte vom Klettern. Ich sah in den Himmel. Ich hörte den Gesang der Frösche im Teich, der hinter den Feldern meiner Eltern lag. Mein künftiges Leben schien mir so groß und weit wie die Milchstraße, jeder leuchtende Punkt war wie ein Tag dieses Lebens, und die hellsten standen für die Tage der Zukunft, die am schönsten und voller Überraschungen waren. Der warme Geruch von Heu und Vieh, den der Wind herüberwehte, berauschte mich ein wenig, vielleicht war es auch der erste mit Menthol gewürzte Tabak, den ich rauchte. Ich war glücklich und wartete darauf, dass alles anfing.

Ich bin kein guter Sohn. Meine Mutter ist noch nicht gestorben, doch ich besuche sie nur selten. Ich sage, sie sei noch nicht gestorben, weil es mir schwerfällt zu schreiben, sie sei noch am Leben. Sie ist es kaum noch. Oder vielleicht auf andere, den meisten Menschen unbekannte Weise. Ihr Körper überlebt auf einem Rollstuhl in einem Altersheim der kleinen Stadt, in der wir wohnten. Man setzt sie hinein, nachdem sie aus dem Bett geholt, gewaschen und angezogen wurde, und bringt sie in einen Gemeinschaftsraum. Hier stehen noch andere Rollstühle, in denen Frauen und Männer genauso stumm und zusammengesunken sitzen wie sie, mit schütterem Haar, kaum noch kämmbarem Haar. Mit leerem Blick starren sie endlos auf den Boden, und aus ihren verschrumpelten Mündern rinnt ein wenig Spucke. Sie werden mit dem Löffel ernährt, mit hellen Suppen und Püree, Pudding und Joghurt und sehen aus wie stark gealterte Kinder.

Manchmal stößt einer von ihnen einen kurzen Schrei aus, auf den ein zweiter folgt, von einem anderen Heimbewohner, und ein dritter von wieder einem anderen, und immer so weiter. Plötzlich hat man den Eindruck, man sei in der Menagerie eines verlassenen Jardin des Plantes, in dessen Glashaus wenige Tiere einer ausgestorben geglaubten Spezies auf erschütternde Weise zeigen, dass es sie noch gibt.

Bei meinen Besuchen kann ich nicht lange bei meiner Mutter bleiben. Wenn ich sie anschaue, sehe ich die misslungene Skizze eines schlechten Malers, der ihre Züge und die Proportionen ihres Körpers, den Umriss ihrer Gestalt und die Form ihres Gesichts nicht getroffen hat. Ihr Kiefer hat mit der Zeit den ganzen Raum eingenommen. Er beherrscht in seiner Eckigkeit alles – ihre Augen, die so lebhaft und so schön waren, hat er beiseitegedrängt, ihre Brauen, die Stirn, die Nase sind zum unwichtigen Hintergrund geworden, vertrocknet und eingefallen. Ihr Gehirn, selbst wenn es nicht mehr funktioniert, scheint schwer zu wiegen und zieht den gesamten Schädel und den Körper nach vorn, zu einem Sturz, der nicht stattfindet, weil das Personal meine Mutter und die anderen mit Sicherheitsgurten am Stuhl festbindet, wodurch die Hagerkeit ihrer Körper und deren fortschreitender Verfall noch deutlicher werden.

Sie war eine große und füllige Frau und sieht jetzt aus wie ein kleines Ding aus Stoff, verwirrt, kümmerlich, brüchig und immer fiebrig, zitternd wie die kahlen Vögelchen, die ich im Frühjahr in ihren Nestern entdeckte, mit so durchsichtiger Haut, dass ich das ganze Adernsystem in einem leuchtenden Rot erkennen konnte. Ihr riesiger Kopf mit den noch blinden Augen und den verschlossenen Lidern baumelte auf den mageren Hälschen, die zu schwach waren, um das Gewicht lange halten zu können. Wenn sie meine Gegenwart spürten, öffneten sie ihre riesig wirkenden gelben Schnäbel und piepsten leise.

Ich setze mich zu ihr, lege eine ihrer Hände in meine. Ihre Hand ist mager wie ein Zweig und heiß, ich streichele sie und rede mit ihr, zwinge mich, ein Gespräch zu führen, das keins ist, ich weiß, dass sie nichts davon begreift, ich erzähle ein wenig von meinem Leben, dem Wetter, den Veränderungen, die mir in der kleinen Stadt aufgefallen sind, doch meine Stimme bleibt stecken und nimmt ab wie die Lautstärke eines Radios, dessen Batterien versagen.

Schließlich schweige ich. Wir schweigen nahe beieinander. Ich zähle die Minuten und schäme mich dafür. Ich sehe nach der Uhr. Die Zeit hier ist nicht mehr die Zeit von draußen. Sie ist von einer Zähflüssigkeit, die jede Sekunde verklebt, die die Stunden zu schweren Klumpen kaum noch irdischer Dichte zusammendrängt. Ich sage mir, dass ich noch bleiben muss. Aus Anstand. Ich sage mir, dass sie meine Mutter ist und ich ihr Sohn bin, auch wenn wir jetzt beide Räumen angehören, die keine Verbindung mehr zueinander haben. Da sie in einer Welt lebt, von der ich nichts weiß, von der ich nicht weiß, ob Leiden,

Schmerz, Vergnügen, Träume, Erinnerungen und Zeit existieren und sie nichts mehr von meiner Welt weiß, kann sie unmöglich begreifen, was ich empfinde, noch, worin mein Leben besteht.

Ihr ganzes Dasein konzentriert sich auf das schnelle Pulsieren des Blutes in ihren Adern, die sich offenbar von ihrem Körper befreien wollen, aus ihm heraus wollen, so dicht wie sie unter der dünnen Haut hervortreten. Die Oberfläche ihrer Arme ist knotig, als sei dort plötzlich ein Geflecht von Wurzeln aufgetaucht, mal blau, mal lila, manchmal marmoriert von dunklen, violetten oder schwärzlichen Flecken, Zeichen für winzige Blutergüsse, die gerinnungshemmende Mittel verursachen. Ihr Atem ist flach, und jeder Atemzug scheint schmerzhaft, jedes Ausatmen scheint das letzte zu sein, wie ein Röcheln, und beide sind durch eine lange Pause getrennt, ein Atemstillstand, der mir endlos erscheint, aber noch nicht den Tod bedeutet.

Elena hat mich zum Bahnhof begleitet. Wir haben auf dem Bahnsteig die Szene zweier Liebender gespielt, die sich trennen. Elena hat natürlich nicht gespielt. Sie hat so etwas nicht nötig. Auch ich habe nicht getan als ob, habe aber immer den Eindruck, hinter meiner Schulter befinde sich ein anderes Ich, enttäuscht, spöttisch, von Ironie vergiftet, das mich betrachtet und sich über mich lustig macht. Ich habe nie in einem Bahnhof gefilmt, also auch kein Paar, das sich verabschiedet und sich für eine Woche oder für immer trennt. Vielleicht, weil solche Szenen in Tausenden Filmen vorkommen und deswegen bedeutungslos geworden sind, nichts anderes mehr sind, als was sie zeigen. Wahrscheinlich ist es so, dass ich es auch nicht filmen könnte. Ich könnte nicht reproduzieren, was viele andere vor mir gemacht haben, und ich muss zumindest glauben können, dass das, was ich tue, vorher nie gemacht worden sei, jedenfalls nicht so, wie ich es mache, auch wenn das gar nicht wahr ist. Aber wie soll man sonst die Zeit überdauern?

Ich fand die Art, wie Elena nach und nach verschwand, als der Zug losfuhr, sehr schön, wie sie aus dem Bild verschwand, obwohl sie reglos dastand und ihr Körper ein Teil der materiellen Härte des Bahnsteigs zu werden schien. Sie hob nur den rechten Arm, führte ihre Hand an die Lippen und sandte mir einen Kuss, den ich nur zur Hälfte empfangen konnte, weil der Rand des Bildes die andere Hälfte auslöschte. Der Zug nahm Fahrt auf, und es tauchten andere Frauen und sogar Männer auf, die ebenfalls Küsse schickten oder mit der Hand winkten, bittere oder fröhliche Abschiedsgrüße, deren Fragmente mich erreichten, obwohl sie nicht mir galten. Die Gesichter derer, für die sie wirklich bestimmt waren, konnte ich nicht sehen, dabei war ich am selben Ort wie sie, einem Ort in Bewegung, der schneller wurde, uns forttrug, uns mechanisch von denen trennte, die wir liebten. Bald würden hier, nach zehn oder fünfzehn Minuten, die meisten Reisenden einschlafen, als hätte die Eisenbahngesellschaft außer dem Transport von Menschen auch die Aufgabe, sie in tiefen Schlaf zu versetzen.

Ich schlafe im Zimmer meiner Kindheit. Ich esse in der Küche meiner Kindheit. Ich lese und korrigiere das Drehbuch von *Innere Fabrik*. Am späten Nachmittag besuche ich meine Mutter. Abends telefoniere ich lange mit Elena. Ich stelle mir vor, wie sie auf dem Bett liegt, in ihrer kurzen Schafanzughose und dem ärmellosen T-Shirt. Sie schreibt ihre Doktorarbeit fertig, die sie in ein paar Monaten verteidigen muss. Wir sind nur noch zwei Stimmen ohne Körper. Ich frage mich, wie die Welt aussähe, wenn die Menschen nur noch aus Stimmen bestünden, wenn alle Körper plötzlich verschwänden und nur noch die Stimmen übrig wären. Wären wir dann vielleicht besser?

Am Ende unserer Gespräche sagt Elena, dass sie mich küsst, und macht das Geräusch von Küssen nach, die wegen der schlechten Qualität meines Telefons verzerrt werden, doch ich zögere, ein neues zu kaufen, weil mein Apparat noch wie ein altes erschöpftes Gehirn alle Nachrichten von Eugène enthält. Ich habe den Eindruck, Elenas Küsse müssten Glaswände durchdringen, um mich zu erreichen, ihre Süße würde darunter leiden oder jemand bemühe sich, ihren feinen Klang zu verzerren und sie lächerlich und grotesk zu machen, ohne dass es ihm gelingt. Ihre Küsse erreichen und rühren mich. Ich sollte eher schreiben, dass es mich überrascht, von ihnen gerührt zu sein. Am meisten verwirrt mich, dass ich diese abendlichen Gespräche in meinem Zimmer führe, auf dem Bett meiner Kindheit liegend, und während ich Elena zuhöre, mit ihr spreche, weiß ich nicht mehr ganz genau, in welchem Moment meines Lebens ich bin, so sehr ist dieser Ort mit den lange zurückliegenden Jahren verbunden. Nicht nur ich bekomme Elenas Küsse, sondern auch der zwölfjährige Junge, der noch nie ein Mädchen geküsst hatte, der davon träumte wie von etwas weit Entferntem, das unmöglich zu erreichen war. So wird Elena durch eine merkwürdige Zeitverschiebung zum ersten Mädchen, in das ich verliebt bin.

Jeden Morgen wache ich hier und anderswo seit Jahren mit demselben Traum auf. Ich glaube, es begann vor etwa zehn Jahren, ohne Grund: Ich bin an einem unbestimmten Ort in einer öden Umgebung. In einer Hand halte ich einen Revolver. Schnell und ohne nachzudenken schiebe ich den Lauf in meinen Mund und drücke ab. Manchmal kommen auch Varianten vor. Ich halte den Lauf an eine Schläfe oder unters Kinn. Es kann auch ganz anders sein: Manchmal erhänge ich mich, werfe mich ins Leere, ersteche mich, werfe mich unter einen Zug oder einen schnell fahrenden Lastwagen. Jeden Morgen träume ich von meinem Selbstmord. Ich wache nach dem Knall auf, aber bevor die Kugel meinen Schädel zertrümmert. Endlich kann der Tag beginnen. Seltsamerweise ist es nie schrecklich oder tragisch. Es ist kein Albtraum. Es ist ein Aufbruch, es ist das Leben.

# XVIII

Wir mussten einen Weg finden, Eugènes Produktionsfirma am Leben zu erhalten. Zwei Monate nach seinem Tod erhielten Ninon, Marcel und ich über einen Notar alle den gleichen handgeschriebenen Brief. Zum ersten Mal in meinem Leben bekam ich einen Brief von Eugène. Er musste erst sterben, damit er mir schrieb. Selbst wenn die zwischen seinem Tod und dem Eintreffen des Briefes vergangene Zeit durch den vom Notar respektierten Willen des Verstorbenen zu erklären war, hatte ich doch den seltsamen Eindruck, dass Tote noch Briefe schreiben können und es irgendwo ein geheimes Postsystem gibt, das nur ihnen zur Verfügung steht.

Die Schrift war holperig und ungeschickt. Wenn man diese Worte las, sah man gleich, dass sie mit Mühe geschrieben worden waren. Der Brief war auf Mitte Oktober 2012 datiert; damals hielten Eugène und ich sein Rezidiv noch für eine harmlose Nebenwirkung. Er wusste also doch, dass er bald sterben würde. Vielleicht hatte er den Brief geschrieben, als es ihm sehr schlecht ging oder während einer Chemotherapie in einer unbequemen Lage, ohne Unterlage, mit einer Infusion im Arm.

In seinem Brief forderte er uns auf, uns zusammenzutun, damit seine Firma nicht an den Meistbietenden versteigert würde, damit sein Werk nicht in fremde Hände geriete, damit es *sich noch ein bisschen hielte*, das waren seine Worte.

So entstand die Firma *Les Films d'Eugène*. Dies dauerte allerdings mehr als zwei Jahre. Zweieinhalb, um genau zu sein. Es war juristisch schwierig, warum habe ich nicht herauszufinden versucht. Es war schwierig, die frühere Firma zu behalten, und einfacher, eine neue zu gründen, deren Hauptaktionäre Ninon, Marcel und die anderen minderjährigen Kinder waren, vertreten von einem Anwalt sowie eine mir fremde Bekannte von Marcel. Ich erhielt zehn Prozent des Kapitals, die Eugène mir, ohne es mir zu sagen, aus seiner früheren Firma überlassen hatte, außerdem ein Buch, das letzte, das ich von ihm bekommen sollte, *Wege unter dem Schnee* von Mario Rigoni Stern. Auf dem Vorsatzblatt stand *Das müsste dir gefallen.*

Ich habe das Buch gelesen. Es gefiel mir, natürlich. Danach las ich alle Bücher dieses Autors, der im Grunde immer dasselbe erzählt. Von Jahreszeiten, Kriegen, Menschen und der Natur einer armen

Berggegend in Norditalien, doch er erzählt so schön, dass man ihn mit Vergnügen liest und wieder liest, als höre man bekannte Geschichten, erzählt von einer vertrauten Stimme, die man liebt. In *Wege unter dem Schnee* kommt ein kurzer Text vor, den Rigoni Stern nach dem Selbstmord seines Freundes Primo Levi verfasst hat. Beide mussten 1945, um nach Hause zu kommen, das Europa der Toten zu Fuß durchqueren. Beide veröffentlichten ihr erstes Buch im selben Jahr, doch keiner von beiden betrachtete sich, soweit ich weiß, als Berufsschriftsteller. Die Umstände hatten sie zum Schreiben gebracht, sie versuchten zu reden und zu überleben.

In dem Text über Primo Levi spricht Rigoni Stern von seinen Skiwanderungen in winterlicher Stille im Schnee. Er ist in dieser Zeit nie allein. Immer wieder begleitet ihn der verstorbene Freund, mit dem er wandert, die Reinheit der Luft genießt und die Strahlen der Sonne in der eisigen Ferne, er deutet die Spuren wilder Tiere im Schnee. Eines Tages gleitet Primo Levi auf seinen Skiern neben ihm durch den Schnee, hinter ihm ist kein Schatten zu sehen. Beide sprechen miteinander wie früher, mit einer Zuneigung, die selbst der Tod nicht zerstören konnte. Ich lese diesen Text immer wieder. Ich brauche nur die Namen zu ändern und erkenne Eugène und mich darin. Ninon, Marcel – Letzterem ist alles gleichgültig, denn er betrachtet Kino als ein Spiel von Kindern, die sich weigern, erwachsen zu werden, und darin gebe ich ihm recht – und der Anwalt trauten mir zu, jemanden zu finden, der in der Lage wäre, die Geschäftsführung zu übernehmen. Ich habe diese Aufgabe Kim Soo anvertraut, dem Produktionsleiter mehrerer meiner Filme. Er kannte Eugène gut, und er mag das Kino, das uns gefällt. Wenn alles gutgeht, wird *Innere Fabrik* der erste Film, den *Les Films d'Eugène* produzieren.

Wir haben die Gründung der neuen Firma gefeiert. Marcel war schon wieder in Singapur. Flugzeuge warten nicht, die Erdölpreise ebenso wenig. Wir waren zehn Leute, die kleineren Kinder rannten durch alle Räume. Ihre Mütter redeten miteinander wie am Ausgang der Schule oder nach einem Kindergeburtstag. Ich war mit Elena gekommen. Ninon stellte mir einen gewissen Max vor – *wir sind beide gleich alt,* flüsterte sie mir bedeutsam ins Ohr. Er war die ganze Zeit mit seinem Smartphone beschäftigt, erhielt Nachrichten und verschickte welche. Von der Seite sah er aus wie Hugh Grant, der englische Schauspieler, von vorn aber war sein Gesicht unregelmäßig, als sei es aus Zelluloid und auf der linken Seite zu nah an eine Wärmequelle gekommen. Ich sagte mir, dass es Menschen gab, die man am besten nur von hinten sähe, oder nur von einer Seite oder gar nicht. Ich fragte mich auch, wie ich wohl auf die anderen wirkte, welches Bild mein Körper von der Seite oder von hinten abgäbe. Wir leben immer nur mit einem Bildausschnitt von uns selbst. Wir sehen uns nie, wie die anderen uns sehen. Meistens sind wir für uns nur eine frontale Fläche, flach, nie eine Gestalt, die sich bewegt, ein ganzer Körper, den man im Raum dreidimensional wahrnimmt. Nur ein Filmschauspieler, der seine eigenen Filme sieht, was nicht immer geschieht, kann eine so unfassende Sicht auf sich selbst haben.

»Wie sehe ich eigentlich von hinten aus?«, habe ich Elena gefragt, als sie an mir vorbeikam und mir über den Arm streichelte.

Sie runzelte die Stirn, lachte und entfernte sich wieder. Ich wandte mich Eugène zu, dessen große gerahmte Fotografie den Eingang zu den Arbeitszimmern schmückt. Ich kannte dieses in den Studios Harcourt aufgenommene Foto nicht. Es ist in dem samtigen Hell-Dunkel gehalten, das den Stil dieser Firma kennzeichnet, die so lange mit der Legende des Kinos verbunden war. Das Foto stammt aus der Zeit, als Eugènes Krankheit gerade entdeckt worden war. Das hat Ninon mir gesagt. Sie wollte das Bild, das auf Eugènes Wunsch gemacht worden war, hier aufhängen. Eugène sieht den Besucher an. Wenn man die Eingangstür aufschiebt, empfängt Eugène uns, den Oberkörper leicht nach vorn gebeugt, die Andeutung eines Lächelns auf den Lippen, das Kinn auf die geschlossene Faust seiner linken Hand gestützt. Ich erkenne ihn zwar, aber das ist er nicht ganz, sicher weil er posiert und weil alles – das Licht im Studio, die leichte Retouchierung seiner Züge, die Größe des Porträts, das Vierfache der wirklichen Größe, ihn in die Welt der Bilder verweist. Es ist nicht der Eugène, den ich kannte, nicht der Eugène des Lebens. Ein Zwischenwesen, das ihm ähnlich sieht, dem ich aber nie begegnet bin.

Zu Hause auf meinem Schneidetisch steht ein Bild von ihm zwischen tausend anderen Dingen, Fotos meiner Mutter, meines Vaters, beide noch Kinder, von mir auch als Kind, Schneckenhäuser, ein getrockneter Granatapfel, der Farbe und Gewicht verloren, aber seine Form behalten hat, Becher für Stifte, Feuerzeuge, Notizblöcke, lauter Plunder, der wirkt wie eine moderne Kunstinstallation, aus der ich eines Tages einen Film machen möchte, einen Film, der das Leben von jemandem durch die Gegenstände auf seinem Schreibtisch erzählt. Das Foto von Eugène, das ich jeden Tag sehe, erschien zusammen mit seinem Nachruf in *Le Monde*, und ich habe es ausgeschnitten. Ich habe es auf Pappe geklebt. Eugène sitzt auf einer Caféterrasse an einem kleinen runden Tisch mit Marmorplatte. In der rechten Hand hält er eine Zigarette. Er blickt nicht in die Kamera. Sein Gesicht und seine Augen sind nach rechts gerichtet. Er scheint keinen bestimmten Punkt zu fixieren, sein Blick folgt der Straße. Das Wetter ist schön. Er trägt ein Hemd. Das ist alles sehr natürlich. Er lächelt melancholisch. Oder besser gesagt, ich finde sein Lächeln melancholisch. Mir gefällt, dass er den Betrachter nicht ansieht. So ist das Bild nicht allzu ernst. Seine Gegenwart lastet weniger auf einem, seine Abwesenheit ist weniger bedrückend. Ich glaube, ich könnte nicht stundenlang unter Eugènes Blick arbeiten. Dauernd würde ich mich fragen, was er wohl gerade von mir denkt. Er würde mich ablenken. Ich würde mit ihm reden.

Kim Soo klopfte mir auf die Schulter. Er lächelte mich an. Der neue Direktor von *Films d'Eugène* war auch als Ober tätig. Er lief hin und her, füllte die Gläser und bot Frühlingsrollen und Teigtaschen an, unterstützt von Maguy, der alten Sekretärin – ich sage *alt*, weil Eugène immer sagte *meine alte Sekretärin*, dabei war Maguy genauso alt wie er. Er sprach liebevoll von ihr wie von einem Möbelstück, sagte, er habe sie geerbt, als er die Firma ZKZ Movies kaufte, die X-Filme produzierte und Ende der siebziger Jahre ihr beste Zeit hatte. Das war lange vorbei.

Damals machte Maguy schon das Sekretariat und die Abrechnungen, aber ein paar Jahre später entdeckten Eugène und ich zu unserer Überraschung in einer Schachtel im Keller VHS-Kassetten unter Zellophan und stellten fest, dass Maguy bei einigen Produktionen von ZKZ Movies als Schauspielerin mitgewirkt hatte, darunter *Scharfe Gräfinnen, Laszive an der Leine, Die Blumen des Mannes.* Wir haben ihr nie etwas von unserer Entdeckung erzählt. Es war ihr Geheimnis und auch unseres.

Inzwischen war sie eine rundliche kleine Frau, die fünf oder sechs Jahre älter wirkte, als sie war, immer in Herbstfarben gekleidet. Sie war gerade zum zweiten Mal Großmutter geworden. Manchmal, wenn ich sie anschaute, während sie über Einzelheiten der Abrechnungen sprach, mir Zugfahrkarten gab, Verabredungen überprüfte, kamen mir ungewollt Erinnerungen an manche Szenen aus den Filmen, die Eugène und ich gesehen hatten, und hinter Maguys Körper trat der von früher hervor, wie aus einer Tonform oder einer Form aus Porzellanerde, die aus dem Ofen kommt und zerbrochen wird und ein neues gebranntes Fayencestück freigibt, das vollkommen und rein ist. Ich konnte ihren zwanzigjährigen nackten und zarten Körper mit der dichten schwarzen Behaarung, mit den dunklen Achseln, den in zwei Zöpfe geflochtenen Haaren, den nacheinander drei Männer mit Schnurrbart und Dauerwelle penetrierten, unmöglich mit ihrem Körper von heute in Verbindung bringen. Dieser war sommers wie winters von Unmengen Stoff, Schals, Pullovern, langen Tuniken, unförmigen

Hosen, indischen Hemden, handgestrickten Mützen verhüllt, und nur ihr Gesicht war zu sehen, rund wie ein Apfel, umrahmt von einem Doppelkinn, das wie eine Halskette wirkte, und dem grauweißen kurzgeschnittenen Haar.

»Träumst du? Möchtest du noch etwas trinken?«

Ich hielt Kim Soo mein Glas hin.

Eugène in seinem Bilderrahmen schien sich über mich lustig zu machen.

# XIX

In der folgenden Nacht konnte ich nicht schlafen. Ich hatte lieber in meine Wohnung zurückgehen wollen, als bei Elena zu bleiben. Sie musste früh aufstehen, und ich wollte lieber länger im Bett bleiben können, ohne geweckt zu werden. Wir hatten uns in der Eingangshalle unseres Gebäudes getrennt, nachdem wir uns wie zwei Jugendliche heimlich im Eingang umarmt und geküsst hatten.

Ich befand mich in einer Phase, wo alles noch unsicher war. Mein Drehbuch gefiel mir, doch ich wusste nicht, ob die Finanzierungsanträge vom CNC und einigen Fernsehanstalten genehmigt werden würden. Dies versetzte mich in einen Zustand, bei dem Momente der Aufregung, der Ungeduld, der Erschöpfung und der Erregtheit aufeinanderfolgten. Ich ging viel öfter als sonst wegen jeder Kleinigkeit zum Arzt. Ich verspürte alle möglichen Symptome, hatte Magengrimmen, Migräne, Herzrasen. Eugène, der mich gut kannte, schickte mir in solchen Zeiten immer eine Kiste Bordeaux-Wein mit Anweisungen für die richtige Dosierung.

Als ich nach Hause kam, fand ich eine Nachricht von Florence auf meinem Anrufbeantworter. »Nichts Besonderes«, sagte sie, »ich wollte eigentlich nur wissen, wie es dir geht.« Ihre Stimme war von gespielter Leichtigkeit. Ich hörte auch eine verhaltene Traurigkeit heraus. Wir hatten uns seit mehr als drei Monaten nicht mehr gesehen. Unsere letzten Abendessen hatte ich abgesagt, weil ich Verabredungen für mein Filmprojekt hatte. Vielleicht dachte sie, dass ich ihr aus dem Weg ging.

Wie es mir ginge? Ich dachte gründlich über ihre harmlose Frage nach. Nicht allzu schlecht. Es gab Schlimmeres. Gab es auch Besseres? Auf einer Skala von zehn Punkten für meinen Gemütszustand, meine Laune, meine Gesundheit, das, was mein Körper mich spüren ließ, und ob ich mit ihm im Frieden lebte oder nicht – wobei Punkt zehn jenem Nachmittag an der Amalfi-Küste entsprach, an den ich erinnert worden war, als ich Elena zum ersten Mal in ihrem Büro im CNRS gegenübersaß und ihren nach Orangen duftenden Atem wahrnahm –, jenem begnadeten Moment, diesem Augenblick der Heiterkeit, der nicht durch ein besonders freudiges Ereignis entstanden war, sondern schlicht aus dem vollkommenen Gleichgewicht aller Elemente meines damaligen Lebens – was sollte ich für mein Leben heute ankreuzen? Über fünf, das war sicher, aber war es viel oder nur wenig mehr?

Ich hielt mich an der Formel fest, die wir alle benutzen, ohne über ihren tieferen Sinn nachzudenken. »Wie geht es dir? Wie geht es ihr?« Ich öffnete sie wie eine plötzlich exotisch gewordene Frucht, ohne genau zu wissen, was sich hinter den zahlreichen Schalen verbarg. Ich fand es mit einem Mal bemerkenswert, dass wir ein Verb der *Bewegung* verwenden, um einen seelischen oder körperlichen *Zustand* zu beschreiben. Offenbar nehmen wir uns als bewegliche Wesen war. Unsere Bewegung garantiert unser Glück. Wenn sich nichts mehr bewegt, vorwärtsgeht, wenn alles stehen bleibt, stirbt die Möglichkeit, glücklich zu sein, und damit wir: *Es geht nicht mehr.* Nirgendwo.

Seit Tagen lag über der Stadt eine elektrische Hitze, und es war, als hinge sie nachts über uns wie die Lampe eines Schweißgeräts. Ich lag auf dem Bett und hatte die Fenster geöffnet. Ich rauchte Zigaretten und blieb im Dunkeln. Von Zeit zu Zeit zerriss die Sirene eines Krankenwagens die unechte Stille draußen, und dann hörte man nichts mehr. Der Geruch des Tabaks spielte mit dem Duft der großen blühenden Akazie, die im Innenhof stand.

Mit ihrer Frage, wie es mir ging, wollte Florence mir sicher zu verstehen geben, dass es ihr nicht gutging. Wir waren zwar kein Paar mehr, aber trotzdem. Sie hatte schnell wieder geheiratet, aber trotzdem.

Unsere Trennung und Scheidung hatten nie das Ende unserer Beziehung bedeutet. So war es seit Jahren gewesen, im Zimmer 107 und anderswo, im Restaurant, im Café, bei Gesprächen, zärtlichen Gesten, doch mir wurde klar, und ihr vermutlich auch, dass Eugènes Tod auf unerklärliche Weise die Karten, die wir voller Zufriedenheit in dem immer wieder gleichen Spiel ausgelegt hatten, neu gemischt hatte.

Mit Eugènes Tod schien sich auch Florence von mir zu entfernen oder ich mich von ihr, als zöge mein Freund sie hinter sich her, auf seiner Reise in die Ferne, die mit seinem Tod begonnen hatte. Es schien mir plötzlich immer klarer, dass Florence in eines meiner früheren Leben gehörte – kurz gesagt, in mein Leben mit Eugène, in dem sie ihren zentralen Platz gehabt hatte, einem Leben, das es nun nicht mehr gab.

Dieser Gedanke tat mir weh, ihretwegen, und ich konnte ermessen, wie sehr das, was ich entdeckt hatte, aus mir einen nur schwer erträglichen Menschen machen musste. Ohne je sehr scharfsinnig gewesen zu sein, wusste ich, dass ich nahe daran war, eine Wahrheit zu erkennen. Ich musste mit dieser Erkenntnis leben, mit dem Vorwurf an mich selbst, dass ich so dachte, empfand und handelte, an einem kleinen Mord schuldig wurde, von dem die Polizei nichts wusste und bei dem aus der Leiche des Opfers kein Blut floss, sondern Kummer. Da diese Art von Tötung von keinem Gesetz geahndet wird, würde ich ungestraft bleiben.

Ich duschte und setzte mich vor den Fernseher. Ich hatte ihn seit Monaten nicht mehr eingeschaltet, vielleicht seit Jahren. Ich erinnerte mich nicht mehr, wann ich dort zuletzt etwas gesehen hatte. Ich nahm die Fernbedienung und drückte auf den Einschaltknopf. Der Bildschirm ging sofort an. Ich überlegte, dass das Fernsehen sicher eines der wenigen Geräte ist, das noch nach Jahren des Stillstands funktioniert, nie kaputtgeht, genau wie die Dummheit, mit der es sich befasst und von der es sich ernährt, die auch nie schwächer wird und nie verschwindet.

Bilder tauchten auf: ein Motorradrennen. Ich hatte den Ton sehr leise geschaltet. Der Lärm der Motoren klang wie das Summen von Insekten, die Blütenstaub sammeln. Ich sah, wie die Maschinen unter den in Sadomaso-Leder gekleideten Fahrern ein paar Mal um die Piste kreisten, dann wechselte ich das Programm aufs Geratewohl, indem ich auf irgendwelche Knöpfe drückte, ohne hinzuschauen. Es muss drei Uhr morgens gewesen sein.

Als ich etwa vierzehn war, bekam ich den Schwarzweißfernseher meiner Tante, die sich ein Farbgerät gekauft hatte. Er stand in meinem Zimmer gegenüber meinem Bett. So sah ich damit jahrelang die beiden Ciné-Club-Sendungen, die von Claude-Jean

Philippe freitagabends und die von Patrick Brion am Sonntagabend. Von diesen beiden lernte ich am meisten über die Kultur des Kinos. Manchmal aber, weil ich müde war oder weil ich den Film nicht spannend fand, schlief ich darüber ein und wachte später in der Nacht auf: Auf dem Bildschirm fiel dichter wirbelnder Schnee, der ein leises Pfeifen verursachte wie das eines Dampftopfs, wenn der Dampf nach außen zu dringen beginnt.

Damals gab es im Fernsehen noch einen Tag-Nacht-Rhythmus. Die Programme hörten gegen ein Uhr auf und begannen erst wieder gegen sieben Uhr morgens. Inzwischen hat das Fernsehen sich von der Bevormundung durch Uhren, dem Biorhythmus der Menschen oder irgendwelchen Ländergrenzen emanzipiert. Eine kleine Bewegung nur, und schon sprang ich von einer Diskussion in arabischer Sprache, die zwei Männer mit Palästinensertuch auf dem Kopf im Schneidersitz auf einem Teppich in einem Beduinenzelt führten, zu einem kampfähnlichen Ballett, getanzt von chinesischen Tänzern mit maskenhaftem Lächeln, und schließlich zu einer dicken texanischen Köchin, die vor der Kamera ein Chili con Carne zubereitete. Ein paar Sekunden später folgte ich einem Seehundjäger und seiner Familie, die auf einem Motorschlitten über endlose weiße Weiten fuhren.

Ich blieb an der Luftaufnahme eines blauen Meeres hängen, die den ganzen Bildschirm ausfüllte, und hätte es nicht ab und zu kaum wahrnehmbares, öliges Schlingern gegeben, hätte ich glauben können, dass hier ein monochromes Bild von Yves Klein zu sehen war.

Ich hatte den Ton ausgeschaltet, als die texanische Köchin anfing, Zwiebeln zu schneiden. Die Aufnahme des Meeres hielt an. Es war sicher ein Unterhaltungsprogramm, eine Sequenz innerhalb einer nächtlichen Entspannungssendung für Schlaflose, und ich muss zugeben, dass es auch bei mir Wirkung zeigte. Ich war bezaubert von dem stillen Bild und seiner beruhigenden Tiefe. Das satte Blau, sehr nah am Pigment des »International Klein Blue« und genau wie dieses ohne jeden Glanz oder Reflex, nahm den Zuschauer sofort gefangen, und zusammen mit dem schweren und langsamen Schaukeln der Wasseroberfläche und den Kreisbewegungen des Hubschraubers, von dem aus die Bilder gefilmt wurden, wirkte es wie ein Beruhigungsmittel. Nach einigen Sekunden fühlte ich mich wunderbar besänftigt und wie unter leichter Hypnose.

Dann verschwand das Bild plötzlich, und es folgte eine Aufnahme, die nichts mit der vorherigen zu tun hatte, auch wenn man immer noch das Meer sah. Ich konnte es jedoch nicht mit dem vorherigen zusammenbringen, dermaßen trüb und grau war es, überall schmierige Pfützen, und es trieb ein Schiff umher, von dem man nur den Mast und einen Teil des Bugs sehen konnte, darauf waren schwarze Männer, Frauen und Kinder zu sehen, die alle dichtgedrängt nebeneinanderstanden und in die Kamera starrten. Diese musste auf einem zweiten Schiff sein, weniger als zwanzig Meter von ihnen entfernt, das beweglicher und leichter zu sein schien, soweit ich dies aus dem Schwanken der Bilder sehen konnte.

Meine erste Reaktion war nicht menschlich, das gebe ich zu – erst hinterher überkam mich ein Gefühl des Mitleids –, sondern eher wissenschaftlicher Art. Wie war es möglich, dass das Gewicht dieser Menschentraube das Boot nicht zum Kentern brachte, dieses so gut wie verlorene, in den grauen Wellen kaum noch wahrnehmbare Boot, das die Menge der Unglücklichen kaum noch trug und kurz vor dem Zerbersten schien?

Was mich auch erstaunte, war, dass sich niemand dieser Männer und Frauen bewegte oder redete. Sie standen dort aufrecht und reglos, als stünden sie auf dem Wasser, eine unwirkliche und irgendwie beängstigende Erscheinung. Sie wirkten wie Geschöpfe, die keine Menschen zu sein schienen und übernatürliche Kräfte hatten. Durch ihre starren Blicke sahen sie aus wie Richter – er sah mich an, sie sahen uns an –, wie Rächer oder vielleicht Beschuldigte oder Kläger, die gekommen waren, um mitten auf dem Meer das Ergebnis einer für ihre Zukunft wichtigen Entscheidung anzuhören.

Dieses Bild verschwand ebenfalls, und man sah eine stark geschminkte Journalistin mit kastanienbraunem Haar, die ein Mikro in der rechten Hand hielt und einen Empfänger im linken Ohr hatte, den sie ab und zu mit dem Mittel- und Zeigefinger ihrer freien Hand festhalten musste, da ein heftiger Wind wehte, der ihr Haar flattern ließ und das kleine beigefarbene Plastikteil wegwehte, das sie nicht fixieren konnte. Man sah den oberen Teil ihres Oberkörpers, und sie stand etwas links im Bild, damit die Zuschauer rechts von ihr im Hintergrund einen breiten Strand erkennen konnten, der mit einem orangefarbenen Plastikband, wie man sie bei Tatorten verwendet, abgesperrt war. Die Böen verwandelten das Band in eine fluoreszierende Schlange, die sich vor Schmerz zu krümmen schien.

Die Reporterin redete. Ihr Gesicht war ernst. Man merkte auch, dass sie fror, und während sie sprach, drehte sie sich dreimal halb nach links und sah weiter in die Kamera, sah mich an, um mit der linken Hand zu zeigen, was sich hinter ihr befand, der weite Strand, der am Horizont endete und vom niedrigen Himmel aufgesogen wurde. Man sah dort, wenn man aufmerksam hinsah, Männer in weißen Schutzanzügen, wie sie Mitarbeiter in Atomkraftwerken oder die Spurensicherung der Polizei tragen, die sich über die Fluten beugten und an schweren dunklen Gebilden zogen. Sie hievten sie auf den Sand, während andere, ebenso gekleidete Männer sie auf Tragen legten und sich jeweils zu zweit langsam vom Meer entfernten und die Tragen mit den reglosen Körpern zu Kastenwagen brachten, die nebeneinander aufgereiht dort parkten.

Ich tastete nach der Fernbedienung, ließ den Bildschirm aber nicht aus den Augen, und als ich das Gerät in meiner Hand spürte, fand ich schnell den Knopf, um den Ton wieder einzuschalten. Auf dem Bildschirm war inzwischen wieder die Großaufnahme von dem blauen Meer, die mich ein paar Minuten zuvor so beruhigt hatte, und eine weibliche Stimme, vermutlich die der Journalistin, kommentierte das Bild, gab ihm ein akustisches Gegengewicht, hektisch und furchterregend, obwohl sie Italienisch sprach, was ja eigentlich die Sprache ist, in der sich wegen ihrer Musikalität dummes Zeug oder schreckliche Dinge durchaus zauberhaft anhören können. Sie erklärte, nach dem, was ich verstehen konnte, dass an dem Ort, über den der Hubschrauber flog, dieser wunderschönen, samtigen, ultramarinen und ewigen Wasserfläche, ein paar Seemeilen von Lampedusa entfernt ein Schiff gesunken war, das den Namen Frachter nicht verdiente. Mit ihm seien achthundert Migranten, die aus Libyen geflohen seien, wo der Krieg wütete, in die Tiefe des Mittelmeers gesunken, nur wenige Leichen seien an die Küste geschwemmt worden. Die Journalistin nannte das Meer zweimal mit seinem alten Namen *mare nostrum*, als wolle sie auf die Ironie der Bezeichnung hinweisen.

# XX

Ich konnte nicht einschlafen. Meine Schlaflosigkeit war lächerlich. Ich konnte damit weder die Toten wiederauferstehen lassen noch meine Anteilnahme für die Menschen dieser Tragödie zeigen. Ich verbot mir jedoch, in sanften Schlaf zu sinken, da so viele Menschen unter dramatischen Umständen gestorben waren, ohne dass ihnen jemand die Hand gereicht hatte.

Ich war durch das, was ich gesehen hatte, auf unterschiedlichste Weise vollkommen vor den Kopf gestoßen. Ich war in die Falle der Schönheit des Meeres getappt, hatte es als das genommen, was ich sah, ohne auch nur im Geringsten zu ahnen, dass es zugleich eine tödliche Falle, ja ein Friedhof war. Durch diesen Deutungsfehler hatte ich wie ein unwissender Idiot bequem auf meinem Sofa gesessen. Ich fragte mich aber auch nach dem Bildaufbau, nach der Szenenfolge, die der Regisseur der Reportage im italienischen Fernsehen ausgewählt hatte. Man spürte bei seiner Arbeit den Einfluss des Kinos, der Fiktion oder besser gesagt der dramatischen Spannung, die manchen Filmen eigen ist. Auch das berührte mich, so als hätte ich durch meine Arbeit, die eigentlich nichts damit zu tun hatte, doch einen Teil der Verantwortung, vielleicht nicht direkt für das Ereignis, aber für die Art seiner Wiedergabe.

Ich dachte an die perfekte Mechanik zu Beginn eines der letzten Filme von Roman Polanski, *The Ghostwriter.* Am Anfang sieht man bei Einbruch der Nacht eine Fähre auf einen Hafen zufahren, sie legt dort an, danach bewegen sich Autos und Passagiere an Land. Die zweite Einstellung zeigt den Frachtraum der Fähre, von allen Fahrzeugen geleert bis auf eins, das der Eigentümer nicht abgeholt hat und das mit einem Abschleppwagen herausgeholt werden soll. In der dritten Einstellung ist es Nacht, und man sieht Polizisten, die das am Kai stehende Fahrzeug untersuchen. Die vierte spielt am Tag und zeigt einen wilden Strand, auf den Wellen aufschlagen, und plötzlich erkennt man in den Wellen die Form einer Leiche, die das Meer heranspült und schließlich auf den Sand wirft.

Einer solchen Textur war auch der Regisseur der italienischen Fernsehanstalt gefolgt. Das eigentliche Drama hatte nicht gereicht. Es mussten bestimmte Einstellungen ausgewählt werden, die Montage von Bildern, alles musste in Szene gesetzt werden, um den

Horror zu verstärken, ihn für den Zuschauer konsumierbarer zu machen, der die Welt heute nicht sehen, sich nicht erregen, nicht betroffen sein kann, ohne die kodifizierte Betrachtungsweise, die ihm seit Jahrzehnten die Bilder der Fiktion vermitteln, die sein Gehirn und seine Empfindsamkeit geprägt haben.

Durch eine Art Rückkopplung wirkt sich die Fiktion auf die Welt aus. Das Universum des Films beeinflusst mit seinen Codes, Gesetzen und Archetypen diejenigen, welche die Wirklichkeit in Bilder umsetzen. Man braucht nur zu sehen, wie Mitglieder krimineller pseudoreligiöser Vereinigungen im Mittleren Osten Enthauptungen von Geiseln filmen und die Bilder hinterher bearbeiten, um zu begreifen, dass sie ihre Bildsprache dem durch Hollywood beeinflussten Westen entlehnen, der eigentlich genau jene Werte verkörpert, die sie schmähen und bekämpfen. Ihre Macht und der Schrecken, den sie verbreiten, beruht übrigens vor allem auf Bildern, denn die Morde, die sie verüben, hätten nur begrenzten Einfluss auf die öffentliche Meinung, wenn keine Website, kein Netzwerk sie verbreitete. Die Verantwortung von Portalen wie YouTube, Dailymotion und vielen anderen ist also immens; dadurch, dass sie solche Bilder zulassen, tragen sie dazu bei, ihnen unermessliche Macht zu geben und damit die Macht derer, die sie hergestellt haben, zu garantieren.

Das Morgenlicht begann, die Dächer von Paris rosa zu färben. Durch mein Fenster sah ich Elenas Wohnung und erkannte in ihrem Schlafzimmer auf dem Bett undeutlich die Form ihres verwundbaren Körpers und ihr Haar, das der Schlaf wie einen Fächer ausgebreitet hatte. Was sie zudeckte, war nicht das Meer, sondern nur die Nacht, die sich langsam zurückzog, als sei sie von irgendwoher gerufen worden, von der anderen Seite der Welt durch die Pendelkraft himmlischer Fluten. Ich dachte an all die Geschichten, die ich seit meiner Kindheit gelesen hatte, von Geschöpfen, die in Kristallpalästen im Meer lebten, an schöne Sirenen, die unruhig in den Wogen umherglitten und verlassen und traurig ihre Tränen mit dem Salz des Wassers vermischten, an das *Kind des tiefen Meeres* von Jules Supervielle, an die Klagen ertrunkener Matrosen, an den *Rosa König* von Pierre Mac Orlan und an alle Geisterschiffe.

Die Erde, der blaue Planet, erschien mir blau vor Schmerz, zerschunden, ein großer Körper voller blauer Flecken, der beständig Tausende Körper verschlingt, in seinen Ozeanen, Erdbeben, Lawinen, Schlammlawinen, seinem kriegerischen Wahn, seinen Zyklonen und Gewittern, wie eine erschreckend primitive Kreatur, die unerschütterlich ihre tägliche Ration an frischem Fleisch verlangt, um weiterhin zu sein, was sie ist, schön, rund und gleichgültig, und die erträgt, dass man auf ihrem Rücken lebt, unter der Bedingung, dass man sie nicht zu sehr reizt.

Die Glocken von Saint-Sulpice ertönten in voller Lautstärke. Das Schlagen der Bronzehämmer auf die riesigen Glocken ließ die Fenster der Bar erzittern, bis hin zu dem kleinen Tisch, an dem Florence und ich saßen. Auf der Oberfläche des Kaffees, den ich nicht getrunken hatte, bildeten sich konzentrische Kreise, die mich an die Bewegung eines Teichs erinnerten, wenn man einen Stein hineingeworfen hat. Ich sah plötzlich wieder die Ertrunkenen von Lampedusa vor mir.

»Warum hast du mich angerufen, um mir das alles zu erzählen? Du hast doch jetzt andere, die dir zuhören, oder?«, fragte Florence.

Ich wandte mich von Lampedusa ab und sah sie an. Ihr schönes Gesicht war wie ein Himmel, auf dem ich die Zeit hatte vergehen sehen, die Tage und Nächte, Regen, Sonne, mein Leben.

»Ich war so verloren.«

Sie überlegte, wog die Worte ab, die sie mir sagen wollte, zögerte vielleicht, es zu tun. Die Glocken hatten aufgehört zu läuten.

»Und wenn du verloren bist, soll ich dich wiederfinden, meinst du das?«

# XXI

Unser Leben gleicht allem anderen als einer linearen Form. Es erinnert eher an das einzige Exemplar eines Buches, das für manche von uns nur aus wenigen Seiten besteht, sauber und glatt, mit einer braven, fleißigen Schrift bedeckt, für andere aber viele Seiten hat, manche zerrissen, andere mehr oder weniger durchgestrichen, voller Zurücknahmen und Reue. Jede Seite entspricht einem Moment unserer Existenz, besonders der Person, die wir in jenem Moment waren und die wir nun nicht mehr sind, und wir betrachten sie, wenn wir je die Lust oder die Notwendigkeit verspüren, in dem Buch zu blättern, wie einen Fremden, der paradoxerweise zugleich ein Nahestehender ist.

Ich war sehr in Versuchung, diesen Gedanken Michel Piccoli gegenüber zu äußern. Vielleicht weil das Alter dieses Schauspielers und seine sanften Manieren, die Güte seines Blicks, eines Blicks, der nicht durchdringend, sondern diffus, sanft und an den Rändern verschwommen ist, mich vermuten ließen, dass er mich verstehen könnte. Eugène kannte Michel Piccoli, weil er vor zwanzig Jahren einen Film mit ihm in der Hauptrolle produziert hatte. Ich hatte den Schauspieler auf der Beerdigung meines Freundes gesehen, er ging langsam, leicht gebeugt und schien verloren in der Menge wie ein Kind unter lauter Erwachsenen. Ich war damals erst am Anfang mit meinen Überlegungen zu dem, was später das Thema von *Innere Fabrik* werden sollte, und erst später, als ich die Stimme des Schauspielers auf France Culture hörte, im Rahmen einer Serie von Porträts, die ihm gewidmet war, kam es mir einleuchtend, ja zwingend notwendig vor, dass er die Rolle von *Echo 23 987* spielte, jenem künstlichen Menschen, der Paul, dem Helden meines Films, nach Hause geliefert wird.

Als ich über seinen Agenten mit ihm Kontakt aufnahm, antwortete Michel Piccoli mir sehr schnell und freundlich und schlug ein Treffen vor, nicht in der Bar eines Luxushotels, wie es sonst bei Schauspielerinnen und Schauspielern üblich ist, die tun, als schätzten sie Diskretion, aber in Wirklichkeit gern wiedererkannt werden wollen, sondern in einem McDonald's in der Nähe seiner Wohnung. Da würde uns keiner stören, erklärte er, als ich ihn anrief, da keiner von all diesen jungen Leuten wisse, wer er sei.

»Ich gehöre einer vergangenen Zeit an. Genau wie die Dinosaurier und die guten Manieren.«

Zuerst sprachen wir über Eugène, und Piccoli erklärte mit sanftem Ernst, er habe ihn sehr gern gehabt. Dreimal wiederholte er diesen einfachen Satz »Ich mochte ihn sehr«, was pure Höflichkeit hätte gewesen sein können, wenn der Klang seiner Stimme, die Langsamkeit, mit der er es sagte, die träumerische Tiefe und das abwesende Lächeln auf seinem Gesicht seinen Worten nicht das Siegel der Wahrheit verliehen hätten, das keinen Zweifel zuließ.

Als ich von *Innere Fabrik* zu sprechen begann und ihm vorschlug, ihm das Drehbuch dazulassen, das ich mitgebracht hatte, damit er es in Ruhe lesen könne, unterbrach er mich, bat mich, ihm die Geschichte selbst zu erzählen, und meinte, Drehbücher langweilten ihn, beim Lesen wisse man nie, wie sehr dem Regisseur an ihnen liege, ob er bereit wäre, dafür zu sterben oder nur Lust habe, mit einer Kamera anzugeben, um in zwei oder drei Fernsehsendungen vorzukommen und ernst genommen zu werden.

Ich begann also damit, wie mir die Idee zu dem Film gekommen war. Ich begann mit dem Anfang. Ich erzählte ihm von Elena, die ich von meinem Fenster aus sah, weit weg, eine unbestimmte Gestalt in einer weit entfernten Einstellung, die zu warten schien, dass ich sie mit einer Geschichte füllte, ihr einen Charakter gab, Gefühle und Erinnerungen, dass ich sie zum

Leben erweckte, sie in Situationen brachte, die ich mir für sie ausgedacht hatte, dass ich sie zunehmend in mein Leben einbezog, ein echtes Lebewesen aus ihr machte.

Piccoli hörte mir aufmerksam zu, trank von Zeit zu Zeit – mit großem Vergnügen, wie mir schien – aus einem Strohhalm an seinem Milchshake, während vor mir ein *Royal bacon* und Pommes frites kalt wurden, die ich bestellt hatte. Ich hatte ja etwas bestellen müssen, hatte es aber nicht angerührt. Um uns herum hörten schwarze Jugendliche Rap, der aus den Lautsprechern ihrer Mobiltelefone drang, und nickten mit ihren Köpfen wie früher die Wackelhunde im Rückfenster der Autos. Sie redeten so laut, als wären sie taub, vielleicht hatte aber auch jemand ihren Knopf auf laut gestellt.

Ich erklärte, dass ich nicht vorhätte, einen Science-Fiction-Film im klassischen Sinn zu drehen. Die Zukunft, um die es ging, sei nah genug, um sich im Dekor, den Kostümen, den Gewohnheiten nicht von dem zu unterscheiden, was wir heute kannten. Die Fabel, die ich erzählen wollte, sollte mit ein paar phantastischen Elementen spielen, die vor allem in der Beziehung der Besitzer von *Echo* mit ihren Kreaturen stattfinden sollten. Sie konnten aus ihnen Roboter machen, die kaum Macht und Wissen besaßen, oder auch das genaue Gegenteil – spezielle Maschinenmenschen, die in ihrem Bereich zu größter Präzision fähig waren.

Dass die meisten Käufer sich ein Modell aussuchen, das jung schien und wunderbar aussieht, sollte plötzlich zu einem doppelten Unbehagen führen: Man würde eine Standardisierung der körperlichen Landschaft erleben – derselbe Typ Mann und Frau, schön und jung, wären schnell überrepräsentiert und diese Überrepräsentation von Schönheit würde bei den Menschen depressive Verhaltensweisen erzeugen, die anders als ihre unvergängliche Kreatur nicht in der Lage wären, ihre eigene Hässlichkeit und das Altern ihres Körpers zu akzeptieren.

Paul, der sich für ein ungewöhnliches *Echo* entscheidet, denn er möchte, dass sein *Echo* die Züge eines Greises trägt, beunruhigt die Behörde, doch kein Gesetz kann die Firma, die die Roboter herstellt, daran hindern, diese Bestellung auszuführen.

Als entdeckt wird, dass er sich im Gegensatz zu seinen Zeitgenossen nicht darauf beschränkt, seinem *Echo* ein paar grundlegende Kenntnisse und ein paar Erinnerungen einzugeben, sondern Tag und Nacht die Netzwerke der Erinnerung, die im gesamten Internet zu finden sind, laufen lässt, um sein Geschöpf zu füllen, nicht nur mit dem gesamten Gedächtnis der Welt, mit dem bekannten Wissen, sondern auch mit Verhaltensmustern und Gefühlen, die alle Situationen, denen Menschen im Lauf ihres Lebens begegnen, enthalten, beschließt der Staat, ihm seinen Roboter wegzunehmen und diesen zu zerstören.

Aber wie soll man etwas zerstören, das an Wissen und Intelligenz alles, was man kennt, übertrifft? *Echo 23 987* besteht nicht nur aus dem Äquivalent aller im Netz zu findenden Gegebenheiten, er besitzt durch seine Fähigkeit, Dinge zu kombinieren und sein eigenes Gedächtnis unbegrenzt auszudehnen, ein paar Nanosekunden Vorsprung vor dem Netz. *Echo 23 987* überholt alle anderen Maschinen, integriert sie und macht sie überflüssig.

Im Grunde ist er nur ein allwissender Computer, der fähig ist, seine Übermacht in der realen Zeit auszudehnen. Was aber den Machthabern unerträglich wird, ist sein menschliches Aussehen – das eines träumenden und friedlichen alten Mannes. Es ist, als habe sich Gott plötzlich materialisiert, während der Mensch sich über die Jahrhunderte eigentlich immer weiter von Gott emanzipiert hat und ihn abschaffen will. Der symbolische Aspekt ist das Unerträgliche. Es geht nicht darum, ob dieser Körper eine synthetische Haut hat, die Schaltkreise und Speicher verbirgt, seine Erscheinung ist zu menschlich und seine Macht zu unmenschlich. Damit ist sein Todesurteil gesprochen, doch das Ende des Films bleibt offen. Wie soll man etwas töten, das gar nicht lebendig ist?

Als ich aufhörte zu reden, fühlte ich mich wie ein Kandidat, der ein wichtiges Examen abgelegt hat und aufgeregt auf das Urteil des Prüfers wartet, der ihm gegenübersitzt. Michel Piccoli nahm sich Zeit, bevor er etwas sagte. Er schaute mich aufmerksam an, als versuche er, zu erkennen, was ich eventuell für mich behalten wollte, dann sah er auf den Tisch, zeigte auf das runde Päckchen in Pergamentpapier und fragte:

»Essen Sie Ihren Hamburger nicht?«

Ohne meine Antwort abzuwarten, nahm er meinen *Royal bacon*, wickelte ihn aus, biss hinein und kaute grinsend.

»Es schmeckt zwar grauenhaft, aber ich mag Lebensmittelverschwendung nun mal nicht. Ich bin ein Kriegskind, wissen Sie?«

Ich glaube, ich nickte, wusste aber nicht so recht, wie ich reagieren sollte, und fragte mich, ob er sich über mich lustig machte oder plötzlich verrückt geworden war. Bevor er einen zweiten Bissen nahm, fuhr er fort:

»Also Gott habe ich noch nie gespielt. Einen Papst schon, aber nicht Gott. Darauf habe ich schon eine Ewigkeit gewartet.«

Dann lachte er, sehr laut, so laut, dass alle Musik und alle Gespräche, die den Raum erfüllten, auf einen Schlag verstummten. In derselben Sekunde.

# XXII

Ich habe nie gern Ruinen besichtigt. Ich weiß, dass ich ein Nichts bin, doch die imposante Architektur vergangener Jahrhunderte erinnert mich zu heftig und zu majestätisch daran. Ich brauche genau wie die anderen ein paar Illusionen, um durchzuhalten.

Es ist Anfang Juni, und das warme Wetter hält an. Ich suche Schatten unter den Bögen des großen Amphitheaters von Pula, aber es gibt nur wenig schattige Stellen, und in jeder sonnengeschützten Ecke sehe ich am Boden ein paar erschöpfte Touristen sitzen, die mich unwillig ansehen und bereit sind, mit ihren Waffen – Fotoapparate mit riesigem Objektiv, Wanderstöcke und iPhones – das erkämpfte Territorium zu verteidigen.

Elena geht durch die Sonne. Es ist, als sei sie für sie weniger heiß, verschone sie und begnüge sich damit, sie zu bräunen. Sie ist glücklich, hier zu sein, und ich freue mich über ihr Glück. Sie zeigt mir die Orte, an denen sie als Kind gespielt hat, die Ziegen und Schafe, die hier zwischen Felsblöcken weideten, in der Arena, die ihre Struktur verloren hatte und in der das Gras grüner schien als anderswo. Elena ist leicht. Elena ist schön. Elena ist jung. Ich äußere diese Sätze wie die eines Theorems, komme aber zu keiner Schlussfolgerung. Ich war nie begabt in Mathematik.

Wir sind seit vier Tagen hier. Die Stadt ist nicht sehr groß. Sie ist auch nicht besonders schön. Oder besser gesagt, sie ist es nicht mehr. Sie ist ein geflicktes Gebilde, aus verschiedenen Teilen zusammengenäht, die sich so gut darstellen, wie sie können: die griechisch-römische Antike, das österreichisch-ungarische Kaiserreich, der Kommunismus, die ultraliberale Anarchie, das Land der Ölbäume, das Meer mit Stränden ohne besondere Schönheit und die Werften.

Elena nimmt mich in die Kirchen mit, in denen es kühl ist. Sie sind nicht besonders groß. Ich stelle erstaunt fest, dass sie betet. Sie zündet Kerzen an, bekreuzigt sich, scheint Gebete aufzusagen. Ich lasse sie machen, sehe mir die Gemälde, den Fußboden, die Mauern mit dem gesprungenem Putz an, die an unvollständige topographische Karten erinnern, durch die zögernd Flüsse fließen.

»Bist du gläubig?«, frage ich, als wir die Kirche verlassen haben.

Sie lächelt mich an und antwortet nicht. Sie nimmt meinen Arm, küsst mich. Immer noch der Orangenduft.

Ich bin begeistert, als ich ein altes Pissoir entdecke. Ich versuche, Elena mit meiner Freude anzustecken.

»Stell dir vor, ein richtiges Pinkelhäuschen, in dem man noch pinkeln kann!«

»Ihr Männer schon, aber nicht wir Frauen.«

»Es kostet nichts und ist immer offen. So was gibt es in Frankreich gar nicht mehr.«

»Umso besser!«

Ich betrete das Oval aus festoniertem Blech. Alles ist da, der beißende Geruch, den viele genau wie Elena unerträglich finden würden, die obszönen Graffiti, die Fliegen, das Rinnsal aus rostigem Wasser, das vergeblich versucht, den Urin und das Papier in ein Loch zu spülen, das aussieht wie das Auge einer Kröte. Ich pinkele. Und währenddessen kann ich nach draußen sehen, denn die Gesichter sind auf der Höhe einer Schießscharte. Elena hat sich in zehn Metern Entfernung auf eine Bank gesetzt.

»Ich sehe dich!«

»Ich sehe dich auch.«

Sie wendet sich ab und blickt aufs Meer, eine Bucht mit einer Insel in der Ferne. Schiffe fahren vorbei, kleine Fischkutter. Männer stehen auf der Brücke. Sie rufen sich etwas zu und ordnen die Netze. Ich verlasse das Pissoir. Ich gehe zu Elena.

»Früher kam ich oft mit meinen Eltern zu dieser Bank. Ich blieb nie auf der Bank sitzen. Im Sommer spielte ich auf der Wiese, da waren noch andere Kinder. Im Winter oder wenn das Wetter schlecht war, lief ich durch die Alleen. Da gab es weniger Kinder. Meine Eltern verließen ihre Bank nicht. Meine Mutter nahm eine Zeitschrift, mein Vater seine Zigaretten. Sie sprachen nicht miteinander. Mein Vater redete auch nicht mit den anderen Männern, die ihn im Vorübergehen grüßten. Er rauchte und sah einfach aufs Meer. Er schien immer etwas melancholisch zu sein, wenn wir hierherkamen. Abends dauerte seine Melancholie fort. Er saß auf seinem Platz in der Küche und starrte vor sich hin, ein wenig in die Ferne, als sei dort das Meer, verborgen unter den Motiven der Tapete, bunten Vögeln und Affen. Normalerweise war er froh gestimmt und sang dauernd Lieder oder pfiff eine Melodie. Aber das Meer stimmte ihn traurig, und trotzdem gingen wir hinaus und setzten uns davor. Als wir Pula verließen, um in Frankreich zu leben, war das Meer fort, aber er hat nie mehr gesungen oder gepfiffen. Die Traurigkeit hatte ihn durchdrungen. Sie war in ihm. Ich glaube, er hatte viele Türen offen gelassen. Er erwartete, dass irgendetwas Böses hereinkam und sich festsetzte. Es war diese Traurigkeit. Er ist daran gestoben. Sehr bald schon. Er war achtunddreißig Jahre alt, und ich war zwölf.«

Das Olivenöl hier ist von einem wilden Grün. Es hat einen kräftigen Geschmack und eine Bitterkeit, die ich mag. Ich tunke es mit dem Brot auf, das an das türkische Brot erinnert, welches Florence und ich während unserer ersten Reisen begeistert aßen. Florence.

Florence hat sich plötzlich an unseren Tisch eingeladen, in diesem kleinen Restaurant am Marktplatz von Pula mit seiner niedrigen Decke und dem ärmlichen klassischen Dekor, Korbflaschen und Fischernetzen an den Wänden. Ich musste erst in das Brot beißen, um an sie zu denken. Wie sie das wohl aufnähme. Ob sie lachen oder mich ohrfeigen würde.

Mein Körper erinnert sich besser als ich. Den Geschmack türkischen Brots. Florence. Malatya. Den heißen Wind auf dem Gipfel des Nemrut Dag. Die Aprikosenbäume unserer Jugend. »Bringt mir Tabak mit«, sagte Eugène. Wir brachten ihm welchen mit, den wir im Souk von Diyarbakir, der früheren Karawanserei, nach Gewicht kauften. Männer, die auf dem Boden hockten, verkauften blonden wohlriechenden Tabak, der vor ihnen zu großen Pyramiden auf ausgebreiteten Decken angehäuft war. Draußen, im Tageslicht, das so grell war, dass der Himmel weder blau noch weiß, sondern unerträglich metallisch aussah, überstieg das Thermometer 40 Grad. Nachts duschten wir uns alle zwei Stunden kalt und legten uns nass ins Bett, in der Hoffnung, dass das Wasser unsere nackte Haut abkühlen würde. Morgens aßen wir Orangen, Fladenbrot und tranken Tee.

Vor drei Wochen habe ich mit Florence vor ihrer Abreise noch einmal zu Abend gegessen. Sie hatte sich dieses Essen gewünscht. Die Abreise vielleicht auch, doch der Vorwand ist die neue Arbeit von Luc, ihrem Mann. Es kommt mir seltsam vor, ihn ihren Mann zu nennen. Merkwürdig, dass ich das nicht mehr bin. Luc hat einen wichtigen Posten in einem internationalen Unternehmen für das Recycling von Haushaltsabfällen. Als Florence mir vor einigen Jahren erzählte, welchen Beruf er hat, musste ich lachen. »Er kümmert sich also um mich«, sagte ich zu ihr. Sie verstand es nicht und zuckte mit den Schultern. Sie nahm die Sancerre-Flasche aus dem Eiskübel und goss uns nach. Florence hat sich immer beklagt, dass sie mich nie sähe. Ich weiß nicht, ob sie Luc häufiger sieht. Aber vielleicht ist ihr das ganz recht.

»Luc ist nach Brasilien versetzt worden. Nach São Paulo.«

Ich versuchte, mich an São Paulo zu erinnern, wo ich vor einiger Zeit auf einem Festival gewesen war. Ich dachte an die Landung des Hubschraubers auf dem Hoteldach, an das Klima, in dem ich mich getäuscht hatte – ich hatte bloß sommerliche Kleidung dabei, und es waren nur dreizehn Grad –, an einen weiblichen Kulturattaché mit hübschen birnenförmigen Brüsten, die ich unter ihrer beigefarbenen Crêpebluse vermutete, eine riesige Stadt, sorgenvoll und trüb, eine Zigarre, ich glaube, es war eine Magnum 56, die ich auf der Terrasse eines *Starbucks* rauchte, während ich die Leute vorübergehen sah, Stunden im Auto, um von einem Punkt der Stadt zu einem anderen zu kommen, eine eher kurze Debatte nach dem Film, eine Fotoausstellung von Sebastião Salgado in einer Kultureinrichtung, die in einem Sportzentrum lag mit einem olympischen Schwimmbad im Souterrain, so perfekt, dass man auf dem Weg zu den Ausstellungsräumen über Glasfliesen ging, unter denen man zehn Meter tiefer Schwimmer sehen konnte, eine andere Ausstellung mit Zeichnungen von Lucian Freud, das rosa Gesicht einer Stewardess der TAM auf der Rückreise, die sich etwas zu sehr um mein Wohlergehen und meine Sicherheit kümmerte, meinen Sicherheitsgurt fester stellte und mir die Decke bis zum Hals zog, als sei ich fünf Jahre alt.

»São Paulo ist wunderbar«, sagte ich nur.

Bis zum Ende des Essens tauschten wir Banalitäten aus, wie es vermutlich Männer und Frauen tun, die sich aufgrund einer Annonce treffen und gleich bei den ersten Worten feststellen, dass sie nicht füreinander geschaffen sind, sich aber bemühen, während des Essens freundlich und höflich zu sein.

Erst als ich die Tür des Taxis zumachte, in das Florence eingestiegen war, sagte ich mir, dass ich sie vielleicht zum letzten Mal im Leben sähe, dass uns jetzt ein Ozean trennte, dass der Zeitunterschied unsere bisherige gemeinsame Zeit durcheinanderbringen würde und ich mir nie mehr sagen könnte, dass wir dieselbe Luft atmeten, dieselbe Stadt ertrugen, mit derselben Sonne aufstanden. Ich kenne sie gut genug, ich kenne sie zu genau, um nicht zu wissen, dass sie in diesem Moment dasselbe denkt wie ich und sich genau wie ich vielleicht nur eines wünscht – dass irgendjemand irgendwo das Zeitpendel anhält, ich die Tür des Taxis öffne, ihr die Hand reiche, die sie nimmt, sie aus dem Wagen steigt, sich an mich schmiegt und nie mehr weggeht.

Doch Taxifahrer verhalten sich professionell. Sie sitzen am Steuer und fahren los, wenn sich der Kunde hingesetzt hat, und kümmern sich nicht um seinen Gemütszustand oder ein eventuelles Zögern.

So geht es in unserem Leben, manche Entscheidungen kommen zu schnell, und wir müssen danach mit unserer Reue und den Gewissensbissen zurechtkommen.

Elena sieht mich an.

»Träumst du?«, fragt sie mich. Ich antworte nein. »Ich erinnere mich nur.« Aus Zurückhaltung oder Zerstreutheit fragt sie nicht, an was ich mich erinnere. Ich glaube, dafür liebe ich sie noch mehr.

Am nächsten Morgen fällt lauwarmer Sprühregen auf Pula. Elena, die sehr geheimnisvoll tut, will mich um jeden Preis an einen bestimmten Ort führen. Ich ziehe ein wenig das Bein nach wie ein müder alter Gaul. Wir haben zeitig gefrühstückt und das Hotel wie zwei Verschwörer verlassen. Es ist Sonntag. Die Straßen sind leer. Hand in Hand gehen wir eine lange Straße hinauf, an der zu beiden Seiten frühere Kasernengebäude liegen. Ich stelle mir ganze Garnisonen vor, die darauf warten, an Bord von glänzenden Schiffen zu gehen, die im Hafen liegen. Der Erste Weltkrieg ist in vollem Gange. Pula ist der einzige Zugang zum Meer, den die österreichisch-ungarische Monarchie hat. Weder der Mann an ihrer Spitze noch seine Untertanen wissen, dass sie bald ihre letzten Stunden erleben und die Welt bald untergeht und ihr riesiges Territorium blutiges Fleisch ist, das bald zwangsversteigert wird.

Elena geht mir voraus und beschleunigt ihren Schritt. Sie zeigt mir den Weg, dreht sich ab und zu um und ermutigt mich mit einem Lächeln. Ich habe am Morgen ihre Brüste gestreichelt und mein Gesicht zwischen ihre Schenkel gelegt, um ihren Geruch und ihr Leben zu atmen. Ich habe das Gefühl, heute Morgen ist sie anders und geheimnisvoll.

Am Ende der langen Straße, auf der uns drei räudige Hunde begegnet sind, und viel später weiter oben ein alter Mann mit Baseball-Mütze, der unverständliche Klagen in seinen Bart murmelte, erreichen wir ein Viertel mit verlassenen Sommerhäusern.

Es sind Häuser von übermenschlicher Größe, gebaut für eine verstorbene Adelsschicht, die vor einem Jahrhundert mit ihren riesigen Reisekoffern hierher kam, wenn Badesaison war, und Bataillone von Dienern, Kindermädchen, Erziehern, Köchen, englischen Gouvernanten und Chauffeuren mitbrachte. Alle Häuser sind im Zustand des Verfalls, was ihre einstige Pracht nur noch mehr hervorhebt.

Oft kann man erkennen, dass sie viel später, gegen Mitte des Jahrhunderts, zu Zeiten, als man vom Leben im Kollektiv träumte, lieblos in Appartements aufgeteilt und vernachlässigt wurden, so als wollte man Verräter bestrafen. Die Dächer sind an manchen Stellen eingestürzt. Einige der Fenster sind mit Zementplatten versperrt. Die Veranden verfallen. In den Gewächshäusern und den Wintergärten rosten Autowracks vor sich hin. Die Gärten sind nur noch hässliche, von Ginster und Katzen heimgesuchte Dschungel oder traurige, abrasierte, matschige Flächen, auf die der feine kroatische Regen herabfällt wie eine Brühe, zwischen Abfall, Plastikeimern und zerbrochenem Spielzeug von Kindern, die zu Jugendlichen geworden sind und alles vergessen haben, und zu Erwachsenen, die sich an nichts erinnern. Der Putz hängt in Fetzen herab. Zerbrochene Ziegel liegen am Boden wie vergessene Karten, als wäre mit ihnen gespielt worden, ohne dass jemand gewonnen hat. Manchmal aber zeugen eine Glyzinie, eine Kamelie, eine Wand aus alten Rhododendronsträuchern in Granatapfelfarben noch von der einstigen Eleganz.

Elena hat wieder meine Hand genommen, und ich lasse mich von ihr führen. Wir bleiben an einer Straßenecke stehen, vor einer Ziegelmauer mit einem Eisentor, das zu einer Allee aus von Unkraut überwucherten Steinen führt. Sie führt mich zum Dienstboteneingang einer der Villen, von der man nur die gewölbte Rückseite sieht, die an die Fachwerkhäuser der Normandie erinnert. Der Fürst, der dies hat bauen lassen, wollte sich vielleicht an seine Sommer in Trouville erinnern, an die auf die grünen Filzdecken der Casinos von Deauville oder Yvetot geworfenen Jetons, an die Morgenstunden nach dem Spiel, den Champagner in seidenen Laken in den Armen einer etwas beleibten Löwin, die ihm auf Französisch Worte der Liebe und Obszönitäten ins Ohr flüsterte.

Über die Mauern dieses kleinen Stückchen Frankreichs, das zur Hälfte erstickt wird von Holundersträuchern, Haselnusssträuchern und wildem Geißblatt und durch das Gezweig einer Kiefer, die niemand fällen wollte, rinnt der Regen wie ein stummes Weinen. Aber im Gegensatz zu den anderen Häusern besitzt dieses hier noch eine Seele, wenn sie auch verletzt scheint.

Elena zeigt auf zwei Fenster in der obersten Etage. Die Rahmen sind mandelgrün gestrichen, und die bestickten Vorhänge fallen gerade herunter, bedecken aber nicht die gesamte Breite jedes Flügels. Sie hängen vor den Scheiben wie Paramente aus der Kirche. An einem der Läden hat jemand den Schulp eines Tintenfischs für die Vögel aufgehängt. Zänkische Spatzen picken darauf herum.

»Hier ist es«, sagt sie, »hier habe ich meine Kindheit verbracht.«

Ich weiß, welchen Wert Orte haben. Ich weiß, wie sehr sie uns prägen und dass sie Spuren bei uns hinterlassen, die uns plagen können wie Narben. Ich stelle mir Elena als kleines Mädchen vor, wie sie einen neuen Schulp am Fensterladen festmacht, und die Stimme ihrer Mutter, die ihr vielleicht sagt, sie soll aufpassen und sich nicht hinauslehnen, schnell hereinkommen und das Fenster schließen.

Elena hat sich an mich geschmiegt und ihre Wange auf meine Schulter gelegt. Ich streichle ihr Haar und wir sehen beide auf die Fenster dort oben, die hinter dem Zittern des Nieselregens für immer die glücklichen Stunden, den Kummer und den von Hoffnung erfüllten Schlaf eines Mädchens aufbewahren, das es nicht mehr gibt. Ich fühle mich wie in einer Zeitlupe, einem Taumel, wie ein verirrter Reisender, der nicht mehr weiß, wann endlich die Kreuzung auftaucht und welcher Weg etwas Neues verspricht und welcher ihn in das allzu bekannte Land zurückführt.

Elena hat sich, ohne dass ich es bemerkt habe, aus meiner Umarmung gelöst und steht mir nun gegenüber. Sie sieht mich an und lächelt. Ich kenne dieses Lächeln noch nicht, das mich durchdringt und meinem Körper eine wohlige Wärme gibt. Wir sehen uns lange an. Elena erfüllt mich mit ihrem Lächeln, ihrer Seelenruhe, dem Atem, der ihre Brust bewegt. Natürlich ist das eine Filmszene, es kann nichts anderes als eine Filmszene sein. Eine Szene, die es nur im Film gibt, und plötzlich weiß ich nicht mehr, ob ich sie selbst erlebe oder im sicheren Dunkel eines Kinosaals sehe.

»Ich bekomme ein Kind … ein Kind von dir.«

Habe ich, was Elena gerade gesagt hat, geträumt? Wird gleich das Licht angehen, oder kann ich noch einen Moment in diesem unbekannten Land bleiben, nur einen kleinen Augenblick?

»Ein Kind«, wiederholt sie und deutet auf ihren Bauch.

Spricht da der Regen oder Elenas Stimme?

Die Fenster oben haben sich geöffnet, oder ist es vielleicht ein Traum, ein Mädchen, das dort erscheint und uns ansieht?

»Ich wollte es dir hier sagen. Im Land meiner Kindheit.«

Elena nimmt feierlich meine Hand und legt sie auf ihren Bauch.

# XXIII

Heute ist der 2. November, der Tag, an dem die Christen der Toten gedenken. Auf dem Friedhof gegenüber dem Haus, in dem ich aufgewachsen bin, auf der anderen Straßenseite, war es der schönste und *lebendigste* Tag des Jahres. Die Blumen auf den Gräbern, das ständige Hin und Her der Familien in ihren Sonntagskleidern, verwandelten ihn in einen bunten Park, einen Spazierweg, vor dessen Zufahrt lauter Autos standen und dessen Traurigkeit und Trübsal mit einem Mal verschwunden zu sein schienen.

In knapp einer Stunde beginnt der erste Drehtag von *Innere Fabrik*. Vor mir sitzt Eugène immer noch an seinem Tisch auf der Caféterrasse und blickt mit einem feinen Lächeln nach rechts in die Ferne. Heute Morgen hätte ich es gern gehabt, dass er mir einmal den Kopf zuwendet, dass ich ihm ins Gesicht sagen kann, siehst du, du wärst froh, du wärst stolz, alles fängt wieder an, ich habe mich an die Arbeit gemacht, du bist nicht mehr da, aber ich mache weiter, wie ich es versprochen habe.

Durch die Decke höre ich Schritte, Gerumpel, Stimmen, von denen ich nur die Geräusche und Schwingungen wahrnehme, eine glückliche, geordnete Geschäftigkeit. Meine Leute legen letzte Hand an die Vorbereitungen des wichtigsten Spielorts, der Wohnung von Paul. Ich habe als Schauspieler für die Rolle von Paul Éric Ruf ausgewählt. Ich bin seit langem fasziniert von diesem Mitglied der Comédie Française, der dort gespielt und Regie geführt hat und heute ihr Direktor ist. Durch seine ausdrucksvolle und ausgezehrte Erscheinung erinnert er mich in mancher Hinsicht an Antonin Artaud aus Abel Gances Film *Napoleon*. Ich kenne ihn kaum. Er ist schüchtern und zurückhaltend. Als ich Michel Piccoli und ihn zum ersten Mal zusammengebracht habe, sahen sich beide Männer eine ganze Weile an, ohne zu reden, und ich bedauerte hinterher, dass ich keine Kamera bei mir hatte, so viel Menschlichkeit lag in dieser ersten stummen Begegnung. Éric ist schon auf dem Set.

Auf mein Bitten hin hat Kim Soo für die Szene die Wohnung von Monsieur Bellagar gemietet, meinem alten Nachbarn aus der achten Etage, den ich eines Morgens während seines Umzugs sah, auf dem Bürgersteig vor dem Haus. Er wartete, dass der Lastwagen beladen wurde, und saß auf einem Küchenstuhl neben seinem Klavier. Als ich ihn grüßte, lupfte er den Hut. Wir lächelten uns an. Erst da wurde mir klar, dass wir nie ein Wort gewechselt hatten, und ich dachte, es sei ein bisschen zu spät, um nun damit anzufangen. Hatte ich vielleicht unrecht?

Hinter mir sitzt, während ich diese letzten Zeilen schreibe, Michel Piccoli auf einem Sofa. Er wartet in einem weißen Bademantel wie ein Boxer, dessen Muskeln warm bleiben sollen, bevor er in den Ring steigt. Ich bereite mich darauf vor, ihn unbekleidet zu filmen, während Paul, der das gerade gelieferte Robotergeschöpf ausgepackt hat, es betrachtet, wie es reglos und bloß daliegt.

Die Kamera soll seinen achtzigjährigen Körper in einer langsamen Schraubenbewegung ringsherum aufnehmen. Michel weiß das. Er ist einverstanden. Er weiß, dass die äußere Schicht seines Körpers aufgenommen wird, der vom Alter gezeichnet ist und der begrenzten Ausdehnung des Lebens Ausdruck verleiht, und jenseits der wunderbar müden Haut, der verbrauchten Muskeln und Knochen, des mageren Fleisches beginnt möglicherweise der Herrschaftsbereich Gottes.

Ich stelle mir vor, dass er gerade in einem der Bücher blättert, die auf dem niedrigen Tisch liegen, darunter auch das, was ich mit Absicht dort hingelegt habe, ein Buch über den Bildhauer Ligier Richier, dessen Skulptur *Der Erstarrte* in der Kirche Saint-Étienne von Bar-le-Duc einen stehenden Toten darstellt. Teilweise noch im Gewand des Lebenden, Fleisch, Haare, Sehnen; deutlich zeigt er, was wir waren und sein werden, und sein verlorener Leib, in einer feinen Marmorhülle, die der Künstler ausgehöhlt hat, zeigt unser Sterben, aber auch die Liebe derer, die uns überleben und denen wir unser Überleben verdanken. Das Werk hat eine Frau in Auftrag gegeben, deren Gemahl René de Chalon, Prinz von Oranien und Waffengefährte Karls V., 1544 vor der Mauer von Saint-Dizier getötet wurde. Diese blutjunge Witwe bat den Bildhauer, den geliebten Mann so darzustellen, wie er drei Jahre später in seinem Grab in der kalten Erde Lothringens aussehen würde. Mir kommen ein paar Verse in den Sinn, von denen ich nicht weiß, ob sie von Ovid oder Epikur stammen oder ob ich sie geträumt habe, so wie ich manchmal Dialoge träume, Gesprächsfetzen, Buchtitel oder Filmszenen: *Mein Körper, alter Gefährte, so ist die Zeit gekommen, uns zu trennen?*

Aber vielleicht sieht sich der Schauspieler, der bald den Robotergott spielt und dem das gesamte Gedächtnis der Welt mit all ihrer Komplexität, Zusammenhanglosigkeit und ihren Hoffnungen eingegeben wird, lieber Elena an, die auf dem Sofa ihm gegenüber liegt, so wie sie es am liebsten mag, ihre langen Beine auf mit Goldfäden und Holzfasern bestickten indonesischen Kissen gebettet, die ich aus dem Land der Toraja mitgebracht habe, und mich beobachtet, wie ich an meinem Schreibtisch die letzten Zeilen schreibe, bevor ich in wenigen Minuten den Computer und die Wörter verlasse und dann nur noch ein kleiner Bildermacher bin.

Woran denkt sie, wenn sie mich so von hinten sieht, vor dem Fenster, dem Novemberhimmel, an dem von Regen schwere Wolken vorbeiziehen, der für andere Gegenden bestimmt ist?

Ich stelle mir vor, dass sie beide Hände auf ihren Bauch gelegt hat, der anfängt rund zu werden, und mit der Handfläche die Bewegungen des kleinen Geschöpfs ertastet, die langsam und manchmal plötzlich kommen. Mit geschlossenen Augen schwimmt es in einer Art Schwerelosigkeit, einer warmen dunklen Flüssigkeit, ohne jedes Gedächtnis, ohne Gefühl und Schmerz; in ihm hat das wundersame Zusammenwirken des Lebendigen unsere beiden Wesen zusammenführt.

Ich glaube, künftig werde ich kein anderes Alter mehr haben als seines, ich werde meinen Körper vergessen und zugleich, wer ich bin, meine Schmerzen und mein Zögern, meine Fehler, meine Verletzungen, ich werde ganz für es da sein, damit es leben, lieben, lachen, sich wundern und bis in den Himmel wachsen kann.

Als ich Anfang Oktober die Druckfahnen dieses Buches las, erfuhr ich von dem Unfalltod von Isabelle Collignon, der Buchhändlerin von Chamonix. Ich war davon tief berührt. Isabelle mochte die Menschen. Isabelle liebte das Leben, ihr schönes Tal und die Berge, die Literatur, für die sie sich unaufhörlich einsetzte. Sie kann *Die Kostbarkeit des flüchtigen Lebens* nicht mehr lesen, wie ich es mir gewünscht hätte, doch als liebevolle Würdigung soll sie in diese Seiten aufgenommen werden. Ich werde die ständige und sanfte Erinnerung an ihr Lächeln bewahren.

*Philippe Claudel*

QUELLENNACHWEISE

*Gimme Shelter*
(Keith Richards/Mick Jagger)
© 1969 AKBCO Music Inc./Westminster Music Ltd.
Mit der freundlichen Genehmigung von EMI Music Publishing France

*Mysteries*
Worte und Musik by Beth Gibbons Paul Webb
© 2002 Chrysalis Music Limited / Universa
Music Publishing Limited
Alle Rechte vorbehalten. Verwendet mit Genehmigung von Music Sales Limited.

# Ein wunderbarer Roman für alle, die noch Träume haben

*Cover- und Preisänderungen vorbehalten

Thomas Montasser

**Monsieur Jean und sein Gespür für Glück**

Roman

Piper Taschenbuch, 256 Seiten
€ 10,00 [D], € 10,30 [A]*
ISBN 978-3-492-30922-6

Unerwartet und unfreiwillig stolpert Monsieur Jean, Concierge in einem berühmten Zürcher Luxushotel, in den Ruhestand. Er fragt sich, was er mit dem Rest seines Lebens noch anfangen soll, bis er sein kleines Notizbuch in die Hand nimmt, in das er stets diskret die Wünsche und Geheimnisse der Hotelgäste und Angestellten notierte. Zu viele Dinge, die noch nicht an ein gutes Ende geführt wurden, warten auf jemand, der dies ändern könnte: Also greift Monsieur Jean mit dem ihm eigenen Gespür für Menschen in das Schicksal jener ein, denen das besondere Talent für Glück bisher fehlte …

Leseproben, E-Books und mehr unter **www.piper.de**

PIPER

## »Der rundum gelungene Auftakt einer neuen Krimireihe.« FOCUS

*Cover- und Preisänderungen vorbehalten

Claus Cornelius Fischer

**Commissaris van Leeuwen und die verlorene Frau**

Kriminalroman

Piper Taschenbuch, 400 Seiten
€ 10,00 [D], € 10,30 [A]*
ISBN 978-3-492-31366-7

In Amsterdam wird ein vierzehnjähriger Junge Opfer eines unheimlichen Mordes. Commissaris Bruno van Leeuwen, ohnehin belastet durch die schwere Krankheit seiner Frau, nimmt die aussichtslos scheinenden Ermittlungen auf. Doch die Suche nach dem Täter konfrontiert ihn mehr und mehr auch mit einem dunklen Geheimnis in seiner Ehe. Erst als ein zweiter Mord geschieht, führen ihn Spuren zu dem besessenen Anthropologen Josef Pieters. Der Commissaris zieht die Schlinge um den für den Nobelpreis nominierten Wissenschaftler immer enger zusammen ...

Leseproben, E-Books und mehr unter www.piper.de

Philippe Claudel

Die Kostbarkeit des flüchtigen Lebens

PIPER

Zu diesem Buch

Als der Erzähler von der lebensgefährlichen Krankheit seines besten Freundes Eugène erfährt, befindet er sich selbst gerade an einem Wendepunkt – der freundschaftlichen Trennung von seiner Ex-Frau Florence und der Begegnung mit der jungen Anthropologin Elena, deren Küsse nach Orangen schmecken. Zwischen zwei wunderbaren Frauen, zwischen der Erinnerung an geliebte Gesichter und dem Licht unerwarteter Begegnungen, erzählt hier ein Mann von den verschlungenen Wegen durch die Krise seines Lebens.
*»Die Kostbarkeit des flüchtigen Lebens* ist bis zum Schluss von der Vibration des Lebens durchdrungen, und sein glückliches Ende ist leuchtend und zart.« *Le Parisien*

*Philippe Claudel* wurde 1962 in Dombasle in Lothringen geboren, wo er auch heute noch als Schriftsteller und Filmemacher lebt. 2004 gelang ihm mit »Die grauen Seelen« ein sensationeller Durchbruch. Seine Bücher und Erzählungen wurden in über 25 Sprachen übersetzt. Claudels Roman »Die Kostbarkeit des flüchtigen Lebens« stand wochenlang auf der französischen Bestsellerliste und wurde von der Literaturkritik euphorisch gefeiert. Claudel gilt als einer der wichtigsten Autoren Frankreichs.

Philippe Claudel

# Die Kostbarkeit des flüchtigen Lebens

Roman

Übersetzung aus dem Französischen
von Christiane Landgrebe

PIPER

*Mehr über unsere Autoren und Bücher:*
*www.piper.de*
*www.thiele-verlag.com*

MIX
Papier aus verantwortungsvollen Quellen
FSC® C083411

Ungekürzte Taschenbuchausgabe
ISBN 978-3-492-31443-5
September 2019

Titel der französischen Originalausgabe:
»L'arbre du pays Toraja«

Umschlaggestaltung: Christina Krutz, Biebesheim am Rhein
Umschlagabbildung: Eduardo Bodner/Trevillion Images
Satz: Christine Paxmann text • konzept • grafik, München
Druck und Bindung: CPI books GmbH, Leck
Printed in the EU